LIVRO 1

O ALKAGUÍRIO

DA SÉRIE:

VULTOS DE CINZAS

Copyright© 2022 by Literare Books International
Todos os direitos desta edição são reservados à Literare Books International.

Presidente:
Mauricio Sita

Vice-presidente:
Alessandra Ksenhuck

Diretora executiva:
Julyana Rosa

Diretora de projetos:
Gleide Santos

Capa:
LJ Koh

Ilustração de símbolos:
Gabriel Schwarzbach Costa

Diagramação:
Gabriel Uchima

Revisão:
Ivani Rezende

Revisão artística:
Edilson Menezes

Relacionamento com o cliente:
Claudia Pires

Impressão:
Gráfica Paym

Dados Internacionais de Catalogação na Publicação (CIP)
(eDOC BRASIL, Belo Horizonte/MG)

A447a   Almeida, Gabriel.
        O Alkaguírio / Gabriel Almeida. – São Paulo, SP: Literare Books International, 2022.
        16 x 23 cm – (Vultos de Cinzas; v. 1)

        ISBN 978-65-5922-411-1

        1. Ficção brasileira. 2. Literatura brasileira – Romance. I. Título.
        CDD B869.3

Elaborado por Maurício Amormino Júnior – CRB6/2422

Literare Books International.
Rua Antônio Augusto Covello, 472 – Vila Mariana – São Paulo, SP.
CEP 01550-060
Fone: +55 (0**11) 2659-0968
site: www.literarebooks.com.br
e-mail: literare@literarebooks.com.br

LIVRO 1

O ALKAGUÍRIO

DA SÉRIE:

VULTOS DE CINZAS

SOBRE O AUTOR

Um dia, ainda criança, tanto gostava quanto cultivava o hábito de ler. Porém, com o tempo, perdi o costume.

Todos ficam chocados com a revelação. Muitas vezes, escuto uma clássica pergunta:

— Não seria contraditório um escritor apaixonado por seu projeto como você é, que não sente vontade de ler outras obras?

A depender do estilo de meu interlocutor, uma e outra palavra até mudavam, mas esta costumava ser a essência da pergunta. No entanto a vida é cheia de mistérios.

Embora não tenha uma resposta exata, o principal palpite é voltado à ansiedade, que sinto sempre em doses altas.

Dizem que minha geração não tem muita paciência para a leitura, então procurei preencher as lacunas da impaciência com grandes viagens criativas, navegando por um universo particular, o que me permitiu compor uma história tão inusitada. Ou seja, no lugar da influência externa que tende a ajudar os demais autores, fui buscar na influência interna o surgimento da vida de personagens, lugares, histórias, eventos e ciclos de tempo. Dei o meu melhor e, dentre as audaciosas perguntas que existem, faço a maior delas.

Será que você, caro leitor, possui a paciência que eu não tenho para se aventurar em meu mundo, que a partir de agora deixa de ser meu e passa a ser seu, desde que a sua imaginação permita?

A pequena e pacata Terra Rica, a noroeste do Paraná, onde quase todos se conhecem, me viu crescer. Nasci na capital paulistana, durante o inverno de 1998. Já nos primeiros quatro meses de vida, meus pais decidiram pela grande mudança até um pequeno município.

Desde os tempos de criança, a família insistia em dizer que eu possuía talento para a arte de imaginar. Aos quatorze anos, no outono de 2013, resolvi descobrir se meus pais e minha avó de fato sabiam identificar talentos. Comecei, então, a escrever a obra que está diante de seus olhos.

Na cronologia das mudanças, a carreira de meu pai foi nos levando a novos lugares. Após o meu quarto aniversário, uma promoção dele nos levou a Campo Mourão. Aos sete anos, uma segunda promoção fez a família migrar para Foz do Iguaçu, a sudoeste do Paraná, cidade cujos pulmões são o turismo; grande, caótica, cheia de culturas diferentes que aprenderam a viver juntas na divisa entre a Argentina e o Paraguai. Aos dez, deixamos Foz e nos mudamos para Curitiba, na última mudança da carreira de meu pai, onde vivemos até o momento em que esta história é entregue aos leitores.

Nos games, encontrei paixão e inspiração. Sempre fui fascinado por jogos eletrônicos. Pouco tempo após aprender a andar, já estava com os consoles em mãos. Provavelmente, os games ajudaram a romper o casulo criativo e deixar fluir a imaginação necessária para começar a compor.

Deixando de lado o resumo de minha infância (acho crucial que os leitores me conheçam um pouquinho) e partindo para o nascimento da obra, apresento o protagonista, Maxsuz Argin, que recebeu o nome em homenagem ao meu melhor amigo, o cachorro Max (Maximus), da raça West Highland White Terrier, conhecida como Westie.

A história se passa em outro planeta, ou melhor, em outra realidade, com humanoides chamados himônus, em vez de humanos. A cronologia se dá completamente fora do calendário cristão. Os anos são ciclos, que possuem vinte centirotens, e que por sua vez têm vinte e oito rotações compostas de trinta passagens.

Essas passagens têm cem menuz, divididos em cem instantes. O meio-dia é às quinze passagens e, meia-noite, às trinta. Os dias são aotens e as noites, rotens.

Por ora, basta. Não quero confundir o leitor, pois a história vai se explicar e se encaixar com naturalidade. Transmiti só algumas informações antes de começarmos, para facilitar o entendimento da narrativa e da jornada. Espero que goste deste trabalho que exigiu anos para nascer, amadurecer e acontecer, e que inaugura a jornada do nosso herói Maxsuz pelo mundo de Seratus.

AGRADECIMENTOS

A prioridade de meus agradecimentos se direciona aos pais, por todo o apoio e confiança que depositaram na realização do sonho impresso nestas páginas. Meu pai auxiliou diretamente no processo de aperfeiçoamento e revisão do livro por anos, enquanto minha mãe sempre deu o necessário apoio moral e afetivo para que continuasse.

Quero agradecer aos amigos próximos, que deram a sua relevante opinião e, unanimemente, concordaram que a minha história tinha grandioso potencial, assim como ao meu editor, que me ajudou a transformar um diamante bruto na obra que veio ao público.

Agradeço a você, que está com o livro em mãos. Os dias e noites de dedicação ao caminho dos personagens, como se filhos fossem, levaram a minha história até a sua cabeceira, onde desejo fortemente que se mantenha. Talvez eu ainda nem o conheça, mas afirmo que o fato de ter realizado o sonho compensou todo o trabalho. Vamos em frente!

GLOSSÁRIO

aoten – nome dado ao período diurno de cada rotação. O aoten dura das 7 passagens e meia até às 21 passagens e meia.

aposentos hizários – aposentos reais.

conectada – namorada.

conectado – namorado.

celegro – equivalente ao centímetro em Seratus.

centiroten – equivalente a um mês em Seratus. Cada centiroten possui 28 rotações.

ciclo – equivalente a um ano em Seratus. Cada ciclo possui 20 centirotens.

coidonte – animais parecidos com lobos, de pelos castanhos-negros, olhos vermelhos, focinho comprido, dentes afiados e 1,5m de altura.

cratório – criatura em forma de verme, que pode chegar a 6 legros de comprimento e um legro e meio de diâmetro. Sua pele é revestida com placas de trinítio, um composto metálico cinza-escuro brilhante, pouco maleável, mas bastante resistente, que só é formado naturalmente por cratórios e outros poucos seres vivos. Possui uma enorme boca redonda cheia de dentes serrilhados e um olho laranja com pupila vertical na parte superior do interior de sua boca.

dag – taverna.

eriptys – bovino com focinho extremamente comprido para comer insetos.

família hizária – família real.

ferkal – são naturalmente o grupo com a maior força física de Seratus. Os homens têm, em média, altura de 1,90M e peso de 100Kg. São bravos patriotas e possuem uma relação quase fraternal entre eles. ferkals são guerreiros, mas geralmente lutam pelo que acreditam ser correto ou honrável. Apesar de terem bom coração, são bem temperamentais e se irritam facilmente, o que traz à tona xingamentos e reclamações.

fiss – décimo sexto centiroten.

gambição – armadura formada por múltiplas camadas de tecido costuradas uma em cima da outra, garantindo ao usuário alta proteção contra cortes e perfurações, ao mesmo tempo que mantém o usuário ágil e leve.

hifrista – sociedade sem governo e igualitária.

himonoide – ser que se assemelha ou possui forma semelhante à de um himônus.

hizar – rei.

hizara – rainha.

hizário – reino.

hizo – príncipe.

inhaoul – grupo himônus conhecido por seu intelecto, os inhaouls são naturalmente os mais inteligentes de Seratus. Eles prosperam em desenvolvimento de tecnologia e planejamento estratégico, e valorizam tanto a educação quanto a saúde de seu povo. Um inhaoul é formal, calmo, respeitoso e resiliente quanto a perseguir seus objetivos. Fisicamente mais baixos e magros em relação aos demais povos. O homem inhaoul tem em média 1,75m de altura e pesa 75Kg.

instante – equivalente ao segundo em Seratus. 100 instantes compõem 1 menuz.

jagalo – suíno muito semelhantes a porcos, mas com pelos espinhosos e grossos.

jol – décimo quinto centiroten.

legro – equivalente ao metro em Seratus.

leohand – felino de grande porte sem juba, branco, com uma crina de pelos nas costas e cauda enorme.

ligada – esposa.

ligado – marido.

ligamento – casal.

menuz – equivalente a minutos em Seratus. Cada menuz possui 100 instantes.

milegro – equivalente ao milímetro em Seratus.

missári – médico.

missário – hospital.

miso – clínica de atendimento médico.

nauri – líder das forças armadas de uma nação, o qual responde apenas ao hizar.

otap – conhecidos por suas habilidades bélicas, os otaps são os melhores guerreiros de Seratus por sua disciplina, pensamentos rápidos, fortes convicções e, principalmente, destreza avançada. Apesar do louvor de seus talentos em combate, grande parte da população otap nasce com distúrbios emocionais, como bipolaridade, comportamento explosivo, depressão, hiperatividade e, em casos extremos, múltiplas personalidades, psicopatia e até a incapacidade de sentir certas emoções. Por esse motivo, os otaps treinam por toda a infância para controlar suas mentes. Um homem otap em média mede 1,80m de altura e pesa 80Kg.

passagem – equivalente a horas em Seratus. Cada passagem possui 100 menuz.

pomo – parte final do cabo de uma espada em que se encontra uma projeção metálica pontuda ou arredondada, a qual é usada como contrapeso da arma, além de poder ser usada em combate a depender de seu formato.

reprano – lagarto de dois legros de altura, quadrúpede e muito veloz.

rotação – equivalente a um dia em Seratus. Cada rotação possui 30 passagens, com o nascer de Aliminnus sendo às 7 passagens e meia e o pôr de Aliminnus sendo às 21 passagens e meia.

roten – equivalente à noite em Seratus. O roten dura das 21 passagens e meia às 7 passagens e meia da rotação seguinte.

serim – moeda oficial unificada de Seratus.

ull – quarto centiroten.

GLOSSÁRIO

viganho – bebida alcoólica criada pela fermentação de um grão chamado vigan.

ytrival – bebida feita com a fermentação do suco de uma fruta chamada ytriv, muito comum em áreas de clima mais frios.

SUMÁRIO

PRÓLOGO 21

CAPÍTULO 1: MAXSUZ 25

CAPÍTULO 2: A FESTA 31

CAPÍTULO 3: O RECANTO 39

CAPÍTULO 4: NAS RUAS DE ÁDERIF 49

CAPÍTULO 5: EMERGÊNCIA 61

CAPÍTULO 6: CONTRA O MEDO 69

CAPÍTULO 7: A CAIXA NEGRA 79

CAPÍTULO 8: OS ARGIN 91

CAPÍTULO 9: CRISE 101

CAPÍTULO 10: O ALKAGUÍRIO 111

CAPÍTULO 11: A ESCURIDÃO RECAI 125

CAPÍTULO 12: NAS TREVAS 137

CAPÍTULO 13: A JORNADA COMEÇA 149

CAPÍTULO 14: ENTRE BRASAS 163

CAPÍTULO 15: INCERTO 175

CAPÍTULO 16: O MAR BRANCO 183

CAPÍTULO 17: OS KÁDOMA 195

CAPÍTULO 18: A MONTANHA DOS MISTÉRIOS 207

CAPÍTULO 19: FORÇA DO GELO 223

CAPÍTULO 20: A KOLÍDORA 241

CAPÍTULO 21: LENDAS VERDADEIRAS 257

CAPÍTULO 22: O PASSADO DESVENDADO 267

CAPÍTULO FINAL 281

PRÓLOGO

No início Avalpus veio a Seratus, terra dos himônus criados da lama, da pedra e da água.

O planeta era iluminado pela mãe radiante e distante de Avalpus, Aliminnus.

Num passado bem remoto, os himônus foram unidos, viviam em harmonia e felizes.

Uma vez por ciclo, Avalpus visitava o povo de Seratus e os ensinava sobre a Existência, como uma espécie de catequização. Pouco a pouco, as mentes primitivas dos himônus evoluíram, mas abriram espaço também aos pensamentos sombrios.

O terrível Repros, filho da estrela solitária no roten, Reprezzia, começou a ser ouvido. Ele era o grande rival de Avalpus.

A interminável batalha no Vácuo entre os dois seres divinos agora havia chegado a Seratus, porém o que antes era um conflito físico tornou-se uma luta pelos corações himônus.

A influência dos seres supremos lentamente penetrou na mente dos himônus, causando a segregação dos povos, com base em suas crenças.

Em meio a tantos conflitos ocasionados pelos seres divinos, nasceu um himônus extraordinário, que apresentava uma energia oculta de gigantesco potencial. No entanto o jovem se perdeu com a própria essência, despedaçada pelo mundo.

Muito tempo se passou desde então e, com os conflitos entre as facções religiosas progredindo para uma guerra generalizada, surgiram vários himônus especiais por Seratus, cada um diferente em energia.

Com o auxílio de tais mortais dotados de poderes únicos, a guerra entre os deuses tomou conta do mundo todo, durando séculos, com efeitos catastróficos.

No final, não houve vitorioso. Porém, em meio às ruínas de Seratus, uma força misteriosa surgiu e expulsou ambas as divindades do planeta, lançando-os eternamente para os confins do Vácuo.

A guerra entre as facções terminou com o desaparecimento de Avalpus e Repros. Os himônus, agora sozinhos na Existência, dividiram-se em vários povos, classificados por seus talentos e traços de personalidade, como inhaouls, otaps, ferkals, mejacs, anorens, akônticos, wols, entre outros. Os himônus abandonaram suas religiões e adotaram a razão. Os grandes líderes renegados. A história, esquecida. O passado, sepultado.

MAXSUZ

CAPÍTULO 1

Maxsuz Argin nasceu em dezesseis de Ull de 2979, a leste do continente de Akasir, o lado sul de Seratus. Sua cidade de nascimento, a bela Áderif, região litorânea com ventos frios e secos da encosta Gêmeos, a Oeste; da brisa quente e úmida vinda do mar Lona, para o Leste. A cidade fora fundada em 989, faltando só dez ciclos para o aniversário de dois mil ciclos.

Maxsuz foi o segundo filho de Jonac Argin e Ali Vol. Seus pais eram hizar e hizara, ambos do país de Métis, grandes governantes que já possuíam, respectivamente, 46 e 45 ciclos. Maxsuz tinha um irmão, Halts, 5 ciclos mais velho, e ambos eram muito amigos.

A família Argin viveu feliz em seu hizário por vários ciclos. O povo adorava Jonac e vivia em paz, evoluindo nas áreas de tecnologia e cultura.

Métis era o lar do povo inhaoul. O país não possuía inimigos. Por outro lado, só três aliados: os países vizinhos de Frêniste e Blazo, assim como a nação de Estim, mais distante, no continente leste de Mônia.

Em 2990, quando o pequeno Maxsuz possuía 11 ciclos, seu pai salvou uma menina da mesma idade, abandonada em meio a ruínas de uma fazenda incendiada nos arredores de Áderif.

Jonac a acolheu no castelo como uma convidada especial, criada com as regalias da família hizária, embora não tenha sido efetivamente tratada como filha adotiva. Era uma menina de poucas palavras. Seu nome era Marulin.

A partir dos 12 ciclos, Maxsuz começou a treinar as artes do combate para que, de acordo com os planos do hizar, pudesse se tornar um guerreiro digno de guiar o exército de Métis rumo ao vindouro e indecifrável futuro. Porém, antes que concluísse o treinamento, quando estava com 13 ciclos, seu irmão Halts partiu em uma viagem sem data de volta, em busca de respostas para o vazio que consumia sua existência.

Na rotação seguinte ao 15º aniversário, Maxsuz passou a ter aulas com o comandante Alber Gallic, um dos maiores espadachins de Akasir, aprendendo as técnicas mais sofisticadas de combate e planejamento estratégico. Apesar dos ciclos de prática anteriores, o treinamento sob a supervisão de Gallic foi árduo, com mínimo descanso.

Maxsuz realizou exercícios cruéis durante onze centirotens, até ser um espadachim considerado digno.

Lutou contra o comandante Alber incontáveis vezes. Como saldo dessas lutas, ferimentos leves e graves exigiam sutura. Golpeou pilares de madeira milhares de vezes, com peso preso ao corpo, e enfrentou os guardas do castelo, às vezes fazendo cinquenta flexões seguidas, enquanto recebia chutes no abdômen.

Foram muitos os desafios do futuro guerreiro. Aprendeu a planejar emboscadas, a comandar tropas e se posicionar no campo de batalha, a escalar, descer, saltar em lugares altos e difíceis, a deslizar sobre e sob qualquer coisa, a tornar-se invisível aos olhos do inimigo. Tudo visava ao mesmo propósito de aprender a perseguir, dominar, eventualmente fugir ou até mesmo ceifar a vida do alvo, para defender os cidadãos de Métis ou a própria vida.

Na rotação três de Jol de 2994, por ter suportado as dores do treinamento com Alber sem desistir, Maxsuz foi nomeado nauri de Métis. Houve

CAPÍTULO 1

um inflamado discurso do hizar Jonac no centro da cidade. O garoto e seu mestre esperavam ao lado. Após a demora típica da fala de monarcas, o assunto importante chegou.

— Amigos e habitantes de Áderif, não temos nenhuma guerra há décadas, mas precisamos nos manter alerta para uma invasão ou conflito a qualquer momento. Venha do Sul ou do Norte, do Oeste ou do Leste, estamos preparados e temos alguém para nos guiar nas rotações mais sombrias. Maxsuz Argin foi treinado desde os 12 ciclos para ser um guerreiro, um líder. Ele também é um hizo de Métis, carrega o sangue Argin e a boa índole de nosso povo. Por favor, recebam o meu filho, Maxsuz Argin – o hizar, então, chamou o garoto e deu um passo para o lado esquerdo.

A hizara Ali e Marulin, aquela que fora encontrada e criada pela família hizária, assistiam à cerimônia, demonstrando respeito e admiração. Enquanto a multidão aplaudia, Maxsuz caminhou até o centro da plataforma usada para discursos, substituindo o lugar do pai. Apoiou-se no púlpito de pedra e abriu o coração.

— Obrigado pela atenção e presença de todos. Hoje, mais do que me tornar um guerreiro a serviço de vocês, me transformo num líder digno, capaz de levá-los a um futuro brilhante junto de meu pai, e posteriormente meu irmão, e seguir o legado de nosso povo inhaoul, como os ilustres de Seratus.

No inesquecível rito de passagem, Jonac entregou ao hizo uma espada cerimonial incrustada de pedras preciosas que brilhavam sob a luz de Aliminnus. Com o olhar altivo, a levantou ao céu e bradou:

— Eu, Maxsuz Argin, segundo filho do hizar Jonac Argin e da hizara Ali Vol, comprometo-me com os cidadãos de Métis. Juro protegê-los até o limite de minhas forças, até o meu último suspiro, contra qualquer inimigo. Nosso glorioso hizário prevalecerá!

— Por Métis, até a morte! – responderam os soldados em uníssono.

A plateia voltou a aplaudir com fervor. Maxsuz fez uma reverência ao público que o ovacionava e retirou-se. Jonac retornou ao púlpito.

— Agradeço a todos que compareceram a este momento histórico que me traz tanto orgulho. Agora, meus cidadãos, venham celebrar conosco no pátio central da Fortaleza Silécia! – e o povo gritou em júbilo, grato pelo carinho do hizar.

A FESTA

CAPÍTULO 2

Áderif era um território litorâneo e quente, de modo que suas construções não poderiam ser escuras ou se tornariam estufas. Eternizada por talentosos artistas da época, a Fortaleza Silécia era branca como as areias da praia e possuía cinco torres.

Área de defesa	Representação	Utilização
Central	Essência	Aposentos hizários
Noroeste	Corpo	Centro de treinamento, miso e posto de arqueiros
Nordeste	Mente	Biblioteca hizária
Sudoeste	Consciência	Treinamento sobre ética e senso crítico
Sudeste	Razão	Treinamento sobre psicologia e lógica

A convite do hizar, a população estava reunida no pátio central da fortaleza, aberto ao ar livre, enorme e com um caminho lateral por onde corria água abundante.

O banquete público começou. Foram servidos jagalos, peixes e vegetais para o povo, benefícios da fartura cultivada pelas fazendas locais daquele ciclo. A mesa hizária estava ocupada pela família, exceto por Halts, ausente por sua íntima e desconhecida jornada.

Jonac perguntou.

— Então, filho, já pensou em sua primeira ação como novo nauri?

Maxsuz respondeu com um entusiasmo precoce e ambicioso.

— Não sei ao certo. Tenho que obter informações primeiro, mas posso adiantar que será algo grande.

Marulin observava a conversa enquanto comia, silenciosa. A hizara o elogiou, com um sorriso genuíno.

— Ah, meu filho. Soube que você tinha talento para a coisa desde pequeno, quando duelava com seu irmão, usando gravetos. O comandante Alber disse que você foi um excelente pupilo. Parabéns!

— Não foi nada simples. O treinamento ao lado do comandante é árduo e complicado. Confesso que fraquejei em alguns momentos.

O senhor Argin, com um gentil aceno, acrescentou.

— Vejo que a torre sudoeste lhe ensinou perfeitamente o valor da humildade.

O rapaz retribuiu com um sorriso constrangido. Virou-se para a hizara e perguntou.

— Agora que me lembrou, mãe, alguma notícia nova de Halts? – sua expressão, assim como a dos outros dois, mudou e ficou mais tensa.

O hizar intercedeu e respondeu pela ligada, com um doloroso suspiro.

— Infelizmente ainda não.

— Eu queria que ele estivesse aqui, que pudesse ver como eu cresci. Nem sabemos se ainda está...

Ali Vol interrompeu o pensar pessimista do filho.

CAPÍTULO 2

— Tenho certeza de que ele está bem e, onde estiver, vamos torcer para que consiga encontrar o que procurava.

— É, espero que sim. – Maxsuz concordou, um pouco menos preocupado.

Quase invisível em meio à multidão, um ser de capa, capuz negro e máscara de ferro seguia lentamente em direção à mesa hizária.

Maxsuz e seus parentes conversavam distraidamente quando ouviram pessoas gritando ao redor. Os súditos começaram a fugir, deixando apenas o ser sinistro encapuzado de frente para a família hizária.

O ser sacou um pequeno dispositivo metálico e disparou em direção à Jonac, porém Maxsuz, prevendo o atentado, usou sua espada de aço temperado e a colocou diante do pai, desviando o projétil de poucos celegros de diâmetro. Em seguida, o garoto passou por cima da mesa, tirou sua capa vermelha e se posicionou à frente do adversário assassino.

O povo formou um grande círculo para a repentina batalha e a família hizária passou a assistir a tudo aquilo, em choque. Maxsuz e o mascarado deram voltas em círculo. Estudavam-se, encaravam-se. Em função do capuz, Maxsuz só conseguia enxergar a boca do inimigo. Não fazia ideia de quem poderia ser o oponente.

O hizo, contemplando aquela indecifrável máscara de ferro usada pelo misterioso, interrogou.

— Quem é você e a quem serve, assassino?

O homem nada respondeu. Jogou o dispositivo metálico ao chão e sacou sua espada. Tentando pegar o inimigo de surpresa, o Argin investiu, mas seu oponente bloqueou o primeiro golpe e os vários que vieram em seguida.

O homem da máscara de ferro atacou e foi a vez do Argin defender-se das ofensivas.

Os dois lutavam de forma nivelada, hábeis e preparados. Depois de vários golpes trocados, Maxsuz atingiu a espada inimiga com tanta força que o homem recuou o braço. Foi a deixa para o hizo dar um chute giratório que atingiu em cheio o rosto do adversário.

O encapuzado caiu, mas deu uma rasteira no jovem como resposta. As duas espadas caíram. O Argin e o vilão foram engatinhando até suas armas e, pegando-as, viraram-se e voltaram a lutar, desde o chão até ficarem de pé. O hizo chutou a barriga do homem e se levantou totalmente. O inimigo rolou para trás e se ergueu.

O misterioso tentou perfurar Maxsuz, que se desviou da lâmina e num golpe, desarmou o adversário, jogando a espada inimiga para longe.

Analisando sua situação, o oponente se ajoelhou, rendido. A luta chegava ao fim. O Argin fez a sua espada vencedora descer lentamente em direção ao subjugado, que viu o brilhante fio da lâmina se aproximando de sua garganta.

Com a dignidade do salvador da rotação, o nauri olhou para o inimigo e gritou em fúria. — Você tentou matar meu pai, o hizar. Acabou com a cerimônia e ameaçou o nosso povo. Mostre-se antes de ser preso!

Como o inimigo optou pelo silêncio, Maxsuz tirou-lhe a máscara de ferro e o capuz. A surpresa se estampou em cada semblante, do povo à família hizária, dos jovens aos anciões. Debaixo do sombrio disfarce, estava Alber.

— Mas o quê... – o jovem suspirou, confuso.

A multidão começou a aplaudir e gritar vivas ao hizo salvador. A música voltou a tocar. Os súditos retomaram a dança e a festividade.

— Mestre? – o hizo questionou.

O senhor explicou, levantando-se:

— Você lutou muito bem, meu nauri. Estou surpreso. Seu treinamento está realmente completo.

CAPÍTULO 2

Ainda confuso, Maxsuz voltou-se para o soberano.

— Pai, o senhor está bem?

— Está tudo bem, Maxsuz. – o monarca afirmou, satisfeito com a intervenção de seu filho nauri.

— Mas do que se trata tudo isso?

— Foi uma estratégia para testar se você saberia agir em uma situação real com a mesma habilidade dos treinamentos. E você não desapontou.

O Gallic comentou.

— Correto. Deixa-me feliz que tenha adquirido com tamanha proeza os conhecimentos que passei a você, meu nauri.

O rapaz, ainda inquieto, questionou o pai.

— Mas você se colocou em grave perigo para testar as minhas habilidades? O que aconteceria se eu não tivesse conseguido desviar aquele projétil que quase o atingiu, pai?

— Um grande guerreiro aprende a olhar tudo com maior atenção, filho. Seu foco no inimigo fez com que não percebesse os detalhes. Veja o projétil. – e apontou para a esfera que ainda estava ao chão.

Curioso, o nauri recolheu o objeto e o inspecionou de perto. — Borracha? E macia? Ah, agora entendi. Vocês me enganaram direitinho. – riu aliviado e, olhando para trás, viu o comandante Alber Gallic, que oferecia um sorriso conciliador.

O pai fechou aquele combate cenográfico com um convite entusiasmado. — Pode retomar o assento, filho. Há muita comemoração pela frente. Parabéns, nauri!

O RECANTO

CAPÍTULO 3

Às vinte e uma passagens e meia, quando Aliminnus estava sumindo no Mar Lona e Reprezzia subia ao céu colorido, Maxsuz viu-se entediado em seu quarto.

A festa por sua nomeação acabara há algumas passagens e depois de tanto tempo em constante treinamento, não sabia o que fazer com a liberdade readquirida.

Tentou ler um livro de sua infância, mas desistiu. Poucos menuz depois, resolveu visitar o jardim da fortaleza, na face norte da construção. Após uma caminhada pelo castelo, chegou à sua destinação, avistando Marulin sentada em meio ao campo verde, assistindo ao fim do aoten. Maxsuz sentou-se ao lado dela e observou Aliminnus, enquanto sua luz desaparecia no horizonte.

— Lindo, não? – perguntou a garota.

— Sim.

— É perfeito. – ela insistiu, concentrada na beleza do fenômeno.

O rapaz perguntou, inquieto. — Por que você vem aqui toda rotação?

— Minha família era fascinada por Aliminnus e sua grandiosidade. Desde pequena, meus pais contavam histórias sobre Avalpus e Repros.

— Quem? – perguntou o garoto, pensando se deveria conhecer tais nomes.

— Meus pais disseram que eu não deveria falar sobre isso com ninguém, mas depois dos ciclos que vivemos juntos, acredito que não tem problema.

— Agora você despertou minha completa curiosidade. – ele ajeitou-se para ouvir melhor.

— Bom, eu não quero passar o resto da rotação contando todos os mínimos detalhes. Vou explicar por cima: ambos são os deuses que regiam a Existência desde antes de nossa espécie. Avalpus, vindo da estrela que domina o aoten, Aliminnus, criou o bem, e todas as emoções que vêm com ele; enquanto Repros, vindo da estrela Reprezzia que perdura no roten, criou o mal e corrompeu corações. Ambos batalharam por eras, um tentando dominar Seratus, outro lutando para libertá-la. – ela finalizou com um suspiro desapontado. — Mas desapareceram há muito tempo.

— E você acredita nisso? – questionou Maxsuz, logo se redimindo. — Perdão, não quis ofender.

— Não. Está tudo bem. Você sequer sabia da existência de tais seres, seria tolice esperar que entendesse. É algo de minha família que prefiro manter.

— Entendo. E por que a aconselharam a não divulgar as informações?

— Nunca fiquei sabendo ao certo suas razões, mas, com certeza, existem. Peço que não fale disso com ninguém.

— Minha boca é um túmulo.

Os dois ficaram quietos por um instante, ouvindo as ondas do mar à distância, até que Maxsuz quebrou o silêncio.

— Marulin, como vão suas rotações?

— Quase sempre a mesma coisa. Acordar, vestir-me e ir às aulas. Depois fico relaxando, como agora.

Maxsuz olhou para a garota, que permanecia sentada e com o olhar desafiador, fez uma pergunta.

— Você me contou uma história interessante, por isso quero retribuir. Que tal fazermos algo diferente hoje?

CAPÍTULO 3

— O que, exatamente?

— Encontre-me na entrada do jardim daqui a duas passagens. – respondeu Maxsuz, levantando e deixando o local, com entusiasmo em seus passos.

— Está bem! – gritou ela, de longe.

✧

Quando o roten já tomava conta do Vácuo, às vinte e quatro passagens, Marulin esperava Maxsuz à entrada do jardim escuro e silencioso, segurando um lampião e procurando o rapaz.

— Onde ele está? – a moça perguntou-se, preocupada se o hizo apareceria ou não.

Marulin havia comprado na cidade, pouco antes do comércio local fechar, uma bata rústica, uma calça de couro justa e um par de botas. Seu cabelo estava amarrado para trás.

— Ah, então você veio! – afirmou o nobre, em cima de um arco de pedra, perto da protegida.

Maxsuz desceu e foi até a garota iluminada pela luz trêmula do lampião. Usava roupas negras com detalhes em vermelho e estava armado com a espada embainhada, presa ao cinto.

— Pronta?

— Para quê?

— Siga-me. Vamos a um lugar especial. – o guerreiro pôs-se a caminhar pelo jardim.

— Ei! Espere por mim! – ela apressou-se a acompanhá-lo e perguntou.

— Por que está vestido assim?

— O lugar aonde vamos é secreto, ninguém pode nos ver.

De repente, sem nada explicar, Maxsuz puxou Marulin para trás de um arbusto, apagou o lampião e, sussurrando, explicou.

— Abaixe, um guarda!

Passava um soldado noturno a vigiar, lampião em uma mão, lança na outra, mas não os viu e seguiu na direção oposta.

Deixando o jardim, os dois chegaram à cidade propriamente dita de Áderif, de casas iluminadas e clima agradável, de construções em diversos tamanhos e formas, todas próximas em quarteirões bem divididos.

As ruas eram largas, firmadas por paralelepípedos. Acima dos jovens, postes com lampiões acesos por todo o roten. Nesse cenário, depois de muita caminhada, alcançaram os gigantescos portões de Áderif voltados ao Oeste, aproximando-se do paredão de pedra, uns cinquenta legros à direita da entrada.

— Agora, venha por aqui. – disse Maxsuz, mostrando uma pequena saliência na muralha.

— O que está fazendo?

— Isso. – o hizo apertou um tijolo saliente, que abriu uma entrada ao seu lado e fez Marulin gaguejar.

— Co-como descobriu isso?

— A família hizária tem acessos escondidos para situações de emergência. – o jovem sorriu, gabando-se.

— Nós vamos sair de Áderif? – a preocupação dela tornou-se óbvia.

— Relaxe, será rápido.

Os dois deixaram a segurança da cidade e adentraram a Floresta Anderina. Caminharam mais um pouco, contornando a muralha na direção nordeste, até chegarem ao litoral do lado de fora de Áderif, onde o solo era elevado em relação ao nível do mar, formando um precipício de quarenta e

CAPÍTULO 3

sete legros. Na parte alta do despenhadeiro, havia uma escultura de rocha gasta pela idade: um guerreiro a postos para a guerra. O mar estava bravo naquele roten e as ondas batiam com força na parede de pedra.

— Enfim, chegamos.

Marulin demonstrou-se frustrada por caminhar tanto só para ver uma simples estátua corroída pelo tempo.

— O Vigia? Todos sabem dele!

— Todos acham que sabem. Na realidade, o vigia é uma porta.

Maxsuz girou uma parte discreta da rocha, revelando quatro chaves enferrujadas e coloridas, aparentemente de outra era. Ele as pegou e colocou a primeira, vermelha, na fechadura do lado voltado para o Norte, virando 180º à direita. A segunda, azul, ao lado Sul, 180º à esquerda. A amarela ao lado Leste, 90º à direita, e a verde, no Oeste, 45º à esquerda.

A base de pedra que sustentava o monumento começou a tremer e o chão de pedra em volta do obelisco desceu, revelando uma escada em espiral.

— Nossa! Outra passagem secreta da família hizária?

— Não exatamente, e por isso é tão interessante. Vamos, que as surpresas ainda não acabaram.

Desceram as escadas no escuro, até se depararem com uma gruta cheia de cristais verdes e azuis, além de um pequeno lago azul-claro brilhante. No teto, estalactites pingavam, e uma abertura que lembrava a boca semiaberta de um predador dava para o penhasco, de frente para o mar. Gravuras marcadas nas paredes de pedra expressavam, pela arte, o que parecia ser uma história mística.

Marulin sentia-se maravilhada com a beleza exótica do local.

— É incrível. Quem mais sabe disso?

— Que eu saiba só eu, você e Halts. Mas espere, não é tudo. Veja!

Depois do lago, outra escultura segurava um bastão de pedra, com uma lente no final. Reprezzia estava alinhada com a lente, formando uma lâmpada natural em direção à água.

Marulin suspirou, quase sem fôlego.

— Espetacular!

O Argin deu alguns poucos passos e sentou-se em uma pedra próxima. A protegida o acompanhou.

— Eu vinha aqui brincar com Halts. Nós dois encontramos as chaves há poucos ciclos, e mantivemos o lugar em segredo, para que fosse nosso recanto... Agora é só um espaço solitário, e como você vive comigo há tempo suficiente, me sinto confiante para compartilhar.

Marulin começou a inclinar o tronco para fazer uma reverência.

— Eu nem sei o que dizer. Muito obrigada!

Maxsuz a interrompeu, constrangido.

— Já pedi que não fizesse isso comigo inúmeras vezes.

Marulin deu um sorriso provocador ao dizer o que pensava.

— Não sou de família hizária como você. É natural que eu queira demonstrar respeito, até porque agora você é o grande nauri de Métis.

Maxsuz deu uma risada constrangida.

— Grande ainda não, mas no futuro, quem sabe. Aliás, sua conversa sobre os tais deuses do bem e do mal me deixou pensando. Diga-me: você pode explicar o que é este lugar? Embora o tenha descoberto, nem eu sei.

— Agora que tocou no assunto, pelas marcas nas paredes eu diria que talvez seja um templo de adoração à Reprezzia. Algo deve ter causado um desmoronamento que destruiu todo o restante. Possivelmente, há mais vestígios soterrados abaixo de onde estamos.

Maxsuz perguntou em um tom debochado.

— O que eles faziam nesse tal templo de adoração à estrela do roten?

CAPÍTULO 3

— Considerando ter sido um templo dos apóstolos de Repros, provavelmente feitos nefastos. Não quero nem imaginar que tipo de atrocidade teriam cometido aqui. Agora, no entanto, é só um recanto de paz e beleza preservado pelo tempo. Incrível, pensando assim, não? – disse e sorriu para o hizo.

— Com certeza, é uma forma bela de se ver as coincidências da natureza.

— Coincidências? Eu não acredito em tal coisa.

O guerreiro soltou um grunhido, como a discordar, ergueu-se e ofereceu a mão para auxiliar a amiga.

— É melhor retornarmos, antes que percebam nossa ausência e venham nos procurar. Teremos muito tempo para voltar aqui.

— Assim espero. – sorrindo, Marulin segurou a mão do Argin, levantando-se com o apoio dele.

Ao sair do recanto, Maxsuz fechou a gruta, retirou as quatro chaves e colocou-as sob a rocha. Os dois começaram o caminho de volta, felizes por compartilharem um segredo tão raro.

NAS RUAS DE ÁDERIF

CAPÍTULO 4

Caminhando pela cidade, Maxsuz e Marulin passaram em frente ao dag "Balde Cheio". Do lado de fora, ouviram gritos que instigaram a curiosidade. O nobre abriu a porta do estabelecimento e todos do dag se voltaram para ele.

Três homens musculosos mergulhavam outro, mais magro e fraco, em um barril de viganho, como uma forma de tortura. Os homens levantaram a cabeça da vítima, que pediu por ajuda. Mesmo assim, ninguém se manifestou.

A ordem de Maxsuz foi alta e clara.

— Larguem o homem imediatamente!

Os três criminosos se olharam, e um deles virou-se para Maxsuz.

— Está falando com a gente?

— Difícil de entender? Soltem o homem agora! – ordenou o militar, já segurando o cabo de sua espada.

Os outros dois que seguravam o torturado obedeceram.

— Pelo visto, você tem o desejo de morrer, não é mesmo? – disse o outro.

Marulin, posicionada logo atrás do hizo, notou o perigo iminente e sussurrou para o amigo.

— Maxsuz, deixe-os em paz. Você está louco?

— Tenho a obrigação de manter a paz e a ordem em meu país, principalmente em minha cidade. Não tenho escolha. – e redirecionou sua fala aos agressores. — Quem são vocês? O que querem?

O terceiro criminoso respondeu.

— Não interessa a você quem somos. Este homem tem dívidas com o nosso patrão e não pagou.

— Se tiverem qualquer problema financeiro com ele, tratem disso usando a lei. Seus atos de violência não serão tolerados. Como nauri de Métis nomeado hoje mesmo pelo próprio hizar Jonac Argin, eu, Maxsuz Argin, levarei os três presos!

— Nauri, vejam só! – exclamou um dos agressores, enquanto os três gargalhavam, descrentes.

O líder do trio andou até Maxsuz e o encarou com frieza.

— Para mim, você não passa de um pirralho brincando de ser gente grande.

Um silêncio pesado tomou conta do "Balde Cheio". Os frequentadores ficaram sem ação, divididos entre a periculosidade dos bandidos e a força da lei representada por aquele jovem nauri.

O bandido ergueu sua grande mão em direção ao pescoço de Maxsuz. Por conta do treinamento rigoroso, ele estava preparado para um ataque súbito e desviou, contra-atacando com uma certeira cotovelada na boca do estômago do inimigo. Altivo e protetor, Maxsuz puxou Marulin para perto de si, enquanto o adversário ajoelhava ao chão, impotente, gemendo de dor.

Maxsuz sorriu entusiasmado.

— Ótimo. Vamos fazer isso do jeito difícil.

Os outros dois criminosos correram até Maxsuz e Marulin, que deixaram o estabelecimento por decisão do nauri, levando a luta a um ambiente mais aberto.

CAPÍTULO 4

Não há nenhum outro soldado nesta rua? – pensou, estranhando a ausência de patrulha nas redondezas.

O furioso trio de bandidos se aproximava, e até aquele que recebera a cotovelada já se mostrava pronto para uma nova luta.

O nauri decidiu cuidar de sua amiga.

— Marulin, saia daqui e chame ajuda!

— Mas eu... não posso deixar você lidar com esse problemão sozinho.

Maxsuz pensou. Precisava decidir com rapidez.

— Sendo assim, fique com isso e não hesite em utilizá-la contra qualquer um que ataque você. – o hizo entregou sua espada a Marulin.

— Mas como irá se proteg...

O nauri nem permitiu que terminasse a pergunta.

— Eu me viro!

Não havia mais tempo para conversar. O conflito estava formado.

Enquanto os três vilões sacavam facas, um deles os ameaçou.

— Espero que tenham feito os seus últimos desejos porque vamos levá-los diretamente ao túmulo.

Os torturadores investiram contra os jovens. Maxsuz pôs-se em frente à sua amiga, iniciando o combate com dois oponentes de uma só vez, enquanto procurava desviar-se dos diversos golpes de lâminas que vinham em sua direção. Marulin viu-se diante de um só inimigo e, por mais que o nervosismo fizesse sua empunhadura tremer, tentava manter-se focada. Aproveitando-se da vantagem de alcance, a garota matinha o adversário à distância, tentando encontrar uma abertura.

Em situação bem mais difícil, o nauri seguia desarmado perante dois oponentes com sede de sangue, mas sua expressão se mantinha séria e fria. Na primeira bobeada de um dos vilões, encurtou a distância e desarmou o inimigo com um torcer de braço, arremessando a arma ameaçadora para longe. O outro agressor tentou um golpe contra o abdômen do hizo, mas ele reagiu de maneira ainda mais rápida, usando uma chave de braço e saindo da frente do atacante, enquanto o imobilizava com a própria faca inimiga.

Um breve desvio do olhar de Marulin na direção de seu aliado foi o bastante para que o último oponente armado investisse. Por mero reflexo, a jovem bloqueou o ataque letal com a espada, mas foi desarmada sem dificuldade pelo habilidoso malfeitor. A arma de Marulin estava ao chão. Se fosse uma luta justa, seu oponente aguardaria que ela se armasse outra vez, mas não existe código de ética para os bandidos. O torturador manteve sua ofensiva. Numa chocante demonstração de agilidade, a garota passou por baixo de seus ataques, foi ao chão e readquiriu a lâmina.

Como ela conseguiu? – pensou o criminoso.

Dois urros foram ouvidos ao lado, roubando a atenção do combate entre Marulin e seu inimigo. Os agressores que lutavam contra Maxsuz estavam ao chão, incapacitados e presos, enquanto o nauri, com um suspiro, guardava a faca inimiga que tomara em seu cinto.

Virando-se para o último que ameaçava sua amiga, Maxsuz bateu as mãos nas roupas para tirar a sujeira, como uma forma de demonstrar seu completo descaso com o oponente, e foi taxativo.

— Vou avisar mais uma vez, antes que receba o mesmo tratamento dos seus aliados: renda-se agora ou vai de maca para a sua cela.

— Ora seu... – o rosto do criminoso tornou-se vermelho de fúria, enquanto se virava para correr na direção do Argin.

Com essa distração, Marulin viu a oportunidade e, numa fração de instante, chutou o adversário nas partes íntimas, fazendo-o cair de joelhos na rua de paralelepípedos. De modo sincronizado, como se ao lutar, Marulin e Maxsuz estivessem em uma mágica dança, o nauri lançou um poderoso chute contra a face do torturador, nocauteando-o.

CAPÍTULO 4

Aplausos passaram a ser ouvidos da porta do dag onde o conflito começara, pois todos os presentes tinham saído para assistir o desenrolar do combate. Surpresos e agradecidos, os jovens curvaram-se em resposta. Marulin devolveu a espada de seu amigo, que a embainhou em segurança.

Ocorre que a paz não havia reinado. A multidão parou de aplaudir. Porém, escondidos pelas trevas, quatro suspeitos posicionados em cima da construção vizinha ao dag continuaram aplaudindo. Maxsuz adotou novamente a posição de alerta, ao identificar a direção de onde o som vinha, tentando enxergar algo no telhado escuro. A protegida engoliu em seco, ao ver sua recém-findada preocupação retomar com toda a força em seu interior. Se antes três homens se mostraram um problema, agora poderiam ser quatro.

Os vultos desceram da construção próxima, revelando-se homens com vestimentas negras de combate furtivo e máscaras que cobriam a maior parte do rosto, deixando apenas olhos e cabelos expostos. Aproximaram-se dos jovens em um caminhar acelerado e uma vez separados por somente dois legros, ajoelharam-se em reverência a Maxsuz, que ficou confuso.

O aparente líder do quarteto levantou-se após a reverência. Embora intimidador, usou um tom amigável.

— Excelente trabalho, nauri inhaoul. Sua habilidade corpo-a-corpo é invejável, especialmente para a sua etnia!

Maxsuz sentiu o repentino alívio por não precisar, outra vez, colocar em risco sua amiga.

— Obrigado. Perdoe-me, mas... Quem são vocês?

— Somos guerreiros do templo otap de Áderif, designados por seu pai como protetores da família hizária, em especial o hizar. Como está em seu período de admissão para nauri, estamos encarregados de avaliá-lo.

A confusão na cabeça do jovem hizo só crescia.

— Mas o que você quer dizer com isso? A cerimônia e a festa da posse já ocorreram.

Um dos guerreiros ajoelhados resumiu a explicação.

— Não é necessário se preocupar, alteza. O hizar está esperando em seu escritório para dar todas as respostas de que necessita.

O superior otap voltou à posição de reverência e pediu a palavra.

— Ah, claro, permita-me fazer as apresentações. O que acaba de falar chama-se Ajax. Os outros dois, Beina e Kharlos. Eu sou Ulsan, líder de nosso esquadrão. Será uma honra servi-lo, alteza, como membros da guarda hizária.

O nauri viu-se a pensar na possibilidade de que os guardiões otaps estivessem a vigiá-los desde que deixaram a Fortaleza Silécia. Entretanto calou suas suspeitas.

— Eu que agradeço pelos seus serviços.

— Afinal, o que faremos em relação aos criminosos que Maxsuz acabou de deter? – Marulin inquiriu.

O guerreiro furtivo respondeu e aconselhou.

— Tomaremos conta disso. Por enquanto, recomendo que retornem para casa e não deixem o hizar aguardando.

— Resolvido está. Novamente, agradeço pelos serviços. Peço licença, que as dúvidas estão me matando. – Maxsuz despediu-se dos aliados e, ao lado de Marulin, iniciou o caminho de retorno ao castelo.

Chegaram às vinte e sete passagens. Cruzaram os corredores da Fortaleza Silécia e estavam diante da porta da sala de Jonac, na torre central. Marulin quebrou o silêncio.

CAPÍTULO 4

— Seria melhor se você entrasse primeiro. Imagino que o hizar queira tratar de certos assuntos contigo a sós.

— Tem razão. Espere do lado de fora. Repasso o que ele contar, quando terminarmos.

Maxsuz deu um sorriso reconfortante e adentrou o escritório. Jonac estava sentado em sua mesa de trabalho, visivelmente feliz.

Antes que o rapaz questionasse, o hizar se antecipou, com evidente alegria.

— Eu sempre soube que, cedo ou tarde, vocês teriam um encontro.

O jovem Argin suspirou e encolheu-se, envergonhado, e devolveu.

— Nossa, lá vai. Foi apenas um passeio!

O pai sorriu e mudou de assunto para não constranger mais o hizo.

— A propósito, você saiu-se muito bem no segundo teste, filho!

As peças do quebra-cabeça se encaixaram na mente do nauri. — Espere um pouco. Está querendo dizer que...

— Sim! O combate em que você e Marulin participaram foi um teste. – o hizar interrompeu sua fala para tossir.

— Tudo bem, pai?

— É só uma estranha tosse desde que acabou a festa. Não deve ser nada grave. Pelo sim, pelo não, amanhã verificarei com o missári.

— Ótimo, pai. Voltando ao assunto, por que esse teste, se já me tornei nauri?

O hizar pigarreou para espantar a tosse e explicou.

— Faz parte de um ritual longevo, passado por gerações em nossa família. Para garantir que o recém-nomeado nauri levará o cargo a sério, é feito um teste posterior, para comprovar que é realmente merecedor.

Nesse exato momento, a protegida adentrou a sala, impaciente.

— Marulin? – Maxsuz perguntou, surpreso.

— Perdoe minha intromissão, majestade, mas tenho dúvidas que precisam de respostas.

Jonac deu uma risada contida com a interação entre os adolescentes.

— Não há necessidade de se desculpar. És bem-vinda, minha jovem. Eu dizia ao meu filho que tudo o que experimentaram não passou de um antigo ritual, uma avaliação que a nossa família faz para testar o coração e o senso de justiça de um novo nauri.

Marulin refletiu um instante. Audaciosa, não se calaria diante da dúvida que a assombrava. Assim, colocou para fora a pergunta.

— Hizar, isso me leva a uma questão. Maxsuz e os agressores estavam armados. O que aconteceria se acabassem gravemente feridos ou até mortos no tal teste?

— Para vocês, não havia um risco letal. Para os soldados, no entanto, seria uma honra. São altamente treinados e se candidataram para participar do ritual, dispostos a serem feridos ou mesmo mortos para garantir o desenvolvimento de seu futuro nauri. Além disso, Alber certificou-me de que Maxsuz era um guerreiro passivo, que não sentia a necessidade de violência excessiva em combate.

O hizo riu de si.

— Tudo parece fazer sentido agora. Cada passo foi planejado para que eu agisse. E eu caí como um tolo.

— Não se preocupe com isso. Seu tio-avô passou por algo similar. É nada mais, nada menos, do que uma tradição inhaoul. E como você passaria por ela, ninguém poderia revelar antes do evento. – Jonac voltou a tossir várias vezes, preocupando Maxsuz, e concluiu o raciocínio. — Agora, é melhor que vão dormir. É tarde para ficarem perambulando pela cidade. Mesmo sendo Áderif, cuidado nunca é demais.

— Bom roten, senhor Argin! – a moça curvou-se e fez uma reverência diante do hizar.

— Bom roten, majestade! – o garoto fez a mesma ação reverente.

CAPÍTULO 4

O monarca sorriu, amável.

— Bom roten, minhas crianças!

Os adolescentes deixaram o escritório, despediram-se e partiram, cada qual para os seus aposentos, ansiosos para o descanso após aqueles agitados momentos, sem a menor ideia de que o próximo aoten poderia ser tão ou mais intenso.

EMERGÊNCIA

CAPÍTULO 5

Às cinco passagens da rotação seguinte, um empregado da fortaleza adentrou o quarto do hizo.

— Acorde, meu senhor, acorde. – pediu o funcionário, com preocupação na voz.

— Hein? O que foi? O que está acontecendo? – ainda tonto de sono, Maxsuz ergueu o tronco.

— Seu pai está passando muito mal. Venha rápido para a torre noroeste!

— Meu pai? – assustou-se ao lembrar da tosse de Jonac, quando conversavam sobre o teste, antes de dormir. — Estou a caminho!

Partiu para a torre noroeste do jeito que estava, até alcançar a sala de primeiros-socorros, onde verificou os quatro guerreiros otaps do roten anterior guardando a entrada. Um missári abriu a porta para ele, permitindo que visse o hizar deitado no leito, tossindo quase sem parar. Ali e Marulin estavam de pé, ao lado da cama, ambas com o olhar tenso.

— Ele chegou? – perguntou Jonac, entre um e outro ataque de tosse.

O missári respondeu, fechando a porta atrás de si.

— Sim, majestade.

— O que está acontecendo? O que ele tem? – Maxsuz questionou, aflito.

— Jonac contraiu uma doença chamada Peliméris. Foi picado por um inseto do gênero Gounem, provavelmente ontem. A doença está começando a se manifestar e, se não for tratada em poucas rotações, pode ser fatal ou talvez cause um irreversível dano ao cérebro.

Do leito, o hizar viu o hizo conversando com o missári e tossindo, o chamou.

— Filho, venha cá.

— Diga, pai. – o jovem pediu licença ao missári e foi posicionar-se ao lado da hizara, igualmente preocupada.

— Você precisa ir até o vilarejo de Welbert, encontrar Walt Kessa. Consiga um coração de besta abyssal. Só as propriedades daquele órgão podem fazer o antídoto.

— Besta abyssal? – sentiu um repentino arrepio daqueles que congelam e, por um instante, Maxsuz voltou no tempo. Estava com 12 ciclos, na rotação em que finalmente ele e Halts desvendaram o enigma do Vigia e das quatro chaves coloridas. A escada se formou e os dois desceram, sendo que Maxsuz foi à frente. Quando chegou à gruta, viu aquela água brilhante e quis se banhar, mas ao olhar bem para o fundo do lago, lá estava um enorme monstro. Gritou para chamar Halts, mas a criatura acordou e saiu da água.

Halts desceu correndo e viu o monstro se levantando, enquanto Maxsuz paralisava de medo. A criatura marrom-escuro tinha três legros e meio de altura, uma boca gigante e comprida, braços com asas acopladas, garras pontudas e afiadas, cauda grossa e peluda. Era uma besta abyssal, uma das criaturas mais temidas de Seratus.

Halts sacou sua espada e investiu contra a fera.

O monstro encarou Maxsuz. Mas, por algum motivo, hesitou em atacar o garoto indefeso. Felizmente, Halts usou a abertura para decepar parte da cauda do animal. A criatura gritou de dor e virou-se para a abertura da gruta, acidentalmente atingindo e nocauteando Maxsuz. Apenas alguns menuz mais tarde ele acordou atordoado nos braços de seu irmão.

CAPÍTULO 5

De volta ao presente, o agora nauri Maxsuz concluiu que, para salvar a pessoa mais importante de toda Métis, seu pai, o hizar, teria que enfrentar seu maior medo. O hizo respondeu ao chamado daquele homem enfermo, cujas veias continham o mesmo sangue Argin que o seu.

— Eu... – o jovem Argin ficou paralisado por um momento, mas respirou fundo e suspirou. — Eu entendo, pai. Vou partir o mais cedo possível.

Às seis passagens e meia, Maxsuz estava pronto para partir. Na mochila preparada, os itens necessários para a viagem e, de frente para os portões da cidade, agora esperava que fossem abertos para a sua partida. Montado num majestoso reprano e disposto ao êxito da missão, sentiu que aquele aoten seria longo.

O nauri aproveitou a breve espera para dar uma olhada na rota, organizando pensamentos e planos, com o dedo indicador passeando pelo papel.

De acordo com este mapa, terei que passar pela Floresta Anderina. Precisarei ficar atento ao perigo maior aqui, aqui e aqui. Bom, haverá perigo por todo o trecho, vamos logo com isso!

Os portões foram abertos e Maxsuz guiou o seu animal até a entrada da floresta.

A Floresta Anderina correspondia a uma área enorme, cercada por gigantescas e centenárias árvores, quase todas de tom verde-escuro. Havia neblina o tempo todo, escondendo animais e outros perigos, assim como vários lagos espalhados pela mata. Solitário na missão, Maxsuz guiou seu reprano pela trilha de terra durante duas passagens. A tensão tomava conta de seu coração, mas a mente mantinha-se preocupada com o destino do pai, agora em suas mãos.

Uma rajada de rugidos vindos das proximidades colocou sua audição em alerta. O guerreiro desceu da montaria e foi atraído até a fonte dos sons, onde encontrou, em meio a uma clareira na floresta, um homem ajoelhado. Aparentava trinta ciclos, usava túnica roxa e segurava um saco de pano com algo dentro. O estranho parecia focar em algo no matagal, sem se mover. Olhando melhor, Maxsuz entendeu a cena em todo o contexto. Uma dezena de coidontes cercava lentamente o homem, cada um deles rosnando, com sede de sangue. Em rápida e instintiva reação, o hizo correu para postar-se ao lado do desconhecido e foi logo sacando sua espada para fazer frente aos predadores.

— O senhor está bem?

O misterioso homem respondeu com impaciência, como se nada estivesse acontecendo.

— Você não deveria estar aqui!

Um coidonte investiu contra Maxsuz, que se esquivou, se projetou e atravessou a lâmina pela cabeça do animal. Puxou a espada de volta, virou-se a fim de ver as outras feras e se preparou para a próxima luta. Contudo o ânimo do hizo não era dos maiores. Duvidou de sua chance de sobreviver ao combate com as demais nove feras.

Enquanto Maxsuz pensava sobre aquele temerário destino, o estranho pegou um grande machado branco que estava, até então, escondido na grama alta. Girou-o com força e golpeou o solo. O impacto provocou uma onda intensa de luz, que foi do chão para todas as direções, afugentando os coidontes. Maxsuz ficou espantado ao ver aquilo acontecer bem diante de seus olhos.

— Co... como fez isso?

— Não importa.

O homem de roxo ajoelhou-se para fechar o saco que carregava e se ergueu na direção oposta à do nauri. Evidentemente, não queria conversa. Sucinto, disse quatro palavras antes de iniciar sua caminhada.

— Agora siga seu caminho!

O hizo não se deu por vencido. Queria saber mais e foi seguindo o desconhecido.

— Se podia fazer aquilo que eu sequer conseguiria dizer o que foi, por que não fez antes?

— Preciso terminar minha coleta de cogumelos.

— Quem é você?

O misterioso acelerou o passo e perdeu a paciência.

— Deixe-me em paz!

— Desculpe-me insistir, mas aquele, digamos, feito, foi incrível. Nunca vi ou li, nem ouvi nada parecido. Droga, estou com pouco tempo, mas nos encontraremos novamente.

O homem encarou o nauri com ceticismo.

— E o que faz você pensar que me achará outra vez? Estamos no meio do nada!

— Os repranos nunca se esquecem de um cheiro. Rigtiz, venha cá!

O lagarto enorme veio galopando até onde estavam.

— Rigtiz, cheire-o.

O animal farejou o homem de roxo por poucos instantes.

— Afaste-se de mim, criatura! – o desconhecido tentava se esquivar do focinho do reprano.

Maxsuz embainhou sua espada e montou no lagarto Rigtiz novamente.

— Não se preocupe, não quero lhe fazer mal algum. Só gostaria de aprender sobre isso que fez. O senhor é incrível! – elogiou o nauri, antes de partir.

O estranho sorriu com ironia.

— Não conte com isso, garoto.

O misterioso seguiu seu caminho pela mata, até desaparecer da vista de Maxsuz, que puxou a rédea do lagarto e retomou sua jornada, porém com um pensamento fervilhando.

Será que Marulin vai acreditar ou vai achar que eu sonhei com isso?

CONTRA O MEDO

CAPÍTULO 6

Depois de aproximadamente três passagens após partir de Áderif, Maxsuz e seu reprano Rigtiz chegaram a Welbert, uma vila de casas feitas com tijolos rubros e destacadas chaminés. Um muro de três legros, também de tijolos, circundava o perímetro da vila, com ruas de terra clarinha. Por todo lado, via-se placas e anúncios das lojas, pois o comércio enchia o vilarejo de vida.

Cansado da viagem, o hizo retirou um pedaço de pão da mochila e passou a comê-lo, enquanto procurava o tal de Walt Kessa, de quem seu pai falara.

Perguntou a todas as pessoas que encontrava na rua, até que uma senhora ofereceu a ajuda que precisava. No endereço por ela informado, havia uma construção com a placa pendurada ao lado da porta:

"Botica Kessa"

O hizo prendeu Rigtiz pela rédea em uma haste do lado de fora e adentrou o local. Não viu ninguém na entrada.

— Senhor Kessa, por favor, poderia me atender?

Uma voz de homem ecoou à distância, no estabelecimento.

— Sim?

— Preciso de seus serviços, trata-se de uma emergência.

Walt, de aparentes cinquenta ciclos, adentrou o cômodo, posicionando-se atrás do velho balcão de madeira.

— Quem seria essa pessoa que precisa de minha ajuda?

— Maxsuz Argin. Nauri do exército inhaoul. Filho do hizar Jonac Argin.

O semblante do velho Kessa foi de reconhecimento e respeito.

— Ah, Maxsuz. Há quanto tempo!

— Nós já fomos apresentados?

— Conhecemo-nos quando você era pequeno. Eu o visitei em seu berço. Sou um grande amigo de seu pai.

— Agora entendi. E até gostaria de poder conversar sobre assuntos agradáveis, mas devo lembrar que estou em uma missão de emergência.

A expressão de Walt mudou, tornando-se séria e atenciosa.

— O que está acontecendo?

— O hizar acabou de contrair Peliméris. Está acamado em Áderif e, como deve saber, a doença vai matá-lo se não fizermos o antídoto. Meu pai disse que você estava devendo um favor a ele, portanto vim até aqui requisitar o ingrediente-chave do antídoto, um coração de besta abyssal.

— Hum, nesse caso, não há tempo para sermos cautelosos. Venha comigo até o porão.

Os dois seguiram pelo corredor principal e desceram por uma escada em espiral. O porão consistia em uma sala enorme, cheia de jaulas que aprisionavam animais exóticos.

— Onde está o coração? – questionou Maxsuz, caminhando com Walt, enquanto vários rugidos eram ouvidos.

— Está bem ali. – Walt apontou para um portão enorme de aço, no final do porão.

Alcançaram a grande passagem metálica. O boticário abriu levemente o portão, só o suficiente para Maxsuz passar por baixo.

CAPÍTULO 6

— Entre, e achará o que procura.

Maxsuz paralisou.

— A besta está viva?

— Obviamente. O coração precisa estar fresco para não perder as propriedades, até que o antídoto seja preparado.

— Certo. – o jovem respirou fundo.

— Mais uma coisa, um pedido meu antes de começar: faça-o sofrer, jovem hizo! – o Kessa exclamou com empolgação.

— Você não é inhaoul, certo?

— Sou um ferkal, com orgulho. Mas depois de tantos ciclos em Métis, não sou mais o mesmo homem dos tempos de juventude.

— Está bem, vou entrar.

Deitou-se, rastejando até o outro lado do portão, tal qual aprendera no treinamento supervisionado por Alber Gallic, durante a aula de infiltração estratégica em território inimigo. A sala não tinha sequer um raio de luz. E assim, totalmente às escuras, o ar parecia denso e pesado, pois o Argin nem conseguia enxergar as mãos, mas sua imaginação sabia exatamente como era a besta escondida nas trevas da jaula.

— Há uma alavanca logo à sua esquerda na parede, puxe-a. – informou Walt.

Maxsuz tateou a parede à esquerda várias vezes, até encontrar a alavanca e empurrá-la para baixo, fazendo com que o portão atrás dele se fechasse e o teto altíssimo se abrisse para uma parede de vidro, que permitia a entrada da luz de Aliminnus até uma boa parte do chão. Mais à frente, do canto escuro em que a luz não alcançava, Maxsuz pôde ouvir a respiração pesada da fera.

De onde estava, o ferkal riu com uma empolgação quase doentia pela batalha e deu o seu recado ao nauri.

— Na alavanca da direita, você abrirá a jaula do animal. Eu desejaria boa sorte, mas só isso nunca seria o suficiente.

— Obrigado, eu acho...

Maxsuz fechou os olhos, respirou fundo e empurrou a alavanca. O som da porta se abrindo soou aterrorizante, uma mistura de correntes enferrujadas e rangidos.

Caminhando, sentiu que os passos monstruosos estavam próximos. Calibrou o olhar e viu a criatura pulando em sua direção, com um rugido que o fez tremer. Por reflexo ou instinto de sobrevivência, pulou para a esquerda. A besta levantou-se rapidamente para rugir mais uma vez. Maxsuz ergueu-se para um ataque, porém o animal foi mais veloz e o atingiu com a cauda, jogando o guerreiro de costas, fortemente, contra a parede.

Totalmente alerta, segurando a espada com firmeza, o jovem se levantou e encarou a criatura. Surpreso com o que os seus olhos revelavam, nesse preciso momento, o hizo foi conduzido ao passado, pois percebeu que a cauda que o golpeara há pouco não tinha ponta. Seus pensamentos entraram em ebulição.

Não, não pode ser. É a mesma besta da gruta!

Enquanto rememorava, paralisado pelo terror, o animal atacou de novo, agarrando Maxsuz, pressionando-o contra a parede. Com a pouca mobilidade que tinha, retornando a si e ao perigoso presente, ele conseguiu transpassar o antebraço da criatura com a espada. A besta largou-o, berrando de dor, segurando o membro ferido, enquanto o sangue negro jorrava.

Ameaçada, a besta bateu asas e voou para o teto de vidro, buscando a liberdade. O nauri pensou rápido, rolou para o lado da alavanca e fechou o teto, impedindo a tentativa de fuga da criatura. Entretanto a manobra deixou o lugar novamente às trevas. O hizo ficou imóvel e conseguiu controlar a respiração, evitando sons significativos. A besta retornou ao chão, fungando e focinhando para procurar o inimigo. Os dois só podiam contar com o olfato e a audição. Ambos eram, ao mesmo tempo, presa e predador. Ao perceberem isso, estabeleceram o silêncio e aguardaram a oportunidade certa.

CAPÍTULO 6

O Argin abriu as comportas do teto mais uma vez. O animal identificou o himônus e o atacou com uma patada horizontal. Maxsuz rolou por baixo do braço inimigo, saltou no dorso e cravou sua lâmina na criatura.

A besta rugiu e decolou em direção ao teto. Para manter-se montado, o nauri segurou-se na própria espada cravada. A cada bater das grandes asas, o seu peso pressionava a arma em que se segurava, puxando a lâmina para baixo.

O dano e a dor tornaram-se grandes demais, fazendo a criatura ceder e cair com violência sobre a jaula, tombando o objeto. Maxsuz ficou deitado sobre o corpo da fera, exausto, atordoado pelo impacto, até que conseguiu erguer-se, com um corte na testa e outro ao lado do olho esquerdo. Porém toda sua atenção estava focada na morte da besta sob os seus pés.

A fera tentou se erguer uma derradeira vez. Maxsuz decidiu acabar logo com o sofrimento e golpeou o animal mais algumas vezes com a espada.

A criatura estava silenciada para sempre. Embora jovem, Maxsuz tinha um pai acamado, um cargo de confiança a zelar, uma missão a cumprir. Não poderia hesitar.

Seguindo o curso da missão, Maxsuz arrancou o coração do bicho através de um esforço brutal. Antes apavorado, o nauri agora estava frio e impiedoso, quase como se não fosse mais o mesmo.

— Tem alguém aí? – perguntou Walt, do outro lado do portão.

— Está feito. Pode abrir.

— Então está sentindo o bater forte do seu coração?

— Acredito que sim.

O Kessa demonstrava empolgação, enquanto abria a passagem.

— Uma experiência e tanto, não é? Infelizmente, não tenho mais saúde para essas coisas. Mas eu e seu pai tivemos algumas aventuras juntos.

Maxsuz permaneceu apático, observando o sangue que pingava do órgão ainda quente em suas mãos.

— Coloque o coração aqui. – pediu o senhor, tirando um saco de pano do bolso da calça.

— Obrigado, Walt. Sobre o pagamento, quanto lhe devo?

— Não é necessário. Considere isso o favor que eu devia ao seu pai. Agora vá, antes que seja tarde.

— Claro. – o jovem começou a correr em direção à saída, preocupado em voltar logo.

Os bons modos o fizeram parar e corrigir o comportamento em relação ao ferkal.

— Mais uma vez, obrigado. – e seguiu seu caminho.

Às treze passagens, Maxsuz chegou aos portões de Áderif, após ter galopado seu reprano a toda velocidade, com uma mão na rédea e a outra segurando o saco que continha o coração da besta abyssal. Quanto ao coração do jovem guerreiro, pulsava pelo desejo de chegar logo, de ver a missão finalizada e o pai curado.

Assim que avistaram o seu nauri, os guardas abriram os portões da cidade. Não demorou muito e o rapaz estava na entrada da Fortaleza Silécia. Subiu a torre noroeste o mais rápido possível e chegou à sala de primeiros-socorros. Mas sentiu as pernas fraquejarem ao ver o leito ocupado por seu pai, agora vazio.

Assim que encontrou o missári, gritou desesperado.

— Onde ele está?

— Não há motivos para nervosismo, alteza. Seu pai tem sido tratado no quarto. Eu só vim pegar alguns equipamentos. Trouxe o que precisávamos?

CAPÍTULO 6

— Sim, aqui está! – o hizo entregou o saco ao homem.

— Excelente, o hizar agradece. Com licença, eu preciso preparar o antídoto.

— Certo, muito obrigado!

— Disponha, alteza!

Maxsuz correu até a torre central e entrou no quarto de seu pai, um belo espaço decorado por peças de platina e ouro. Avistou-o na cama, aos cuidados de duas missáris, mas tossindo bastante.

— Pai...

— Filho, você voltou e conseguiu!

— Sim. O missári está terminando o antídoto.

— Ótimo!

Tão logo acabou de falar, o missári entrou no quarto. Em suas mãos, uma tigela de líquido negro.

— Por favor beba, hizar.

Jonac segurou a tigela e a bebeu por completo, fazendo uma nítida careta de desgosto.

— Isso tem um gosto terrível!

Como num passe de mágica, secou a tigela, cessou a tosse.

— Ele vai ficar bem? – questionou Maxsuz, ainda preocupado.

— Tenho certeza disso. – o missári sorriu suavemente.

Jonac ergueu-se da cama e alongou-se, demonstrando saúde e vitalidade.

— Então filho, como foi matar aquele monstro?

O nauri olhou para suas mãos, ainda manchadas pelo sangue negro da criatura.

— Foi brutal e difícil, mas faria tudo por você, meu pai. – e ajoelhou-se, reverenciando o hizar.

Jonac sorriu para o filho, voltando a uma postura ereta.

— Espere aí, conheço esse sorriso... – Maxsuz se levantou. — Por acaso fui submetido a outra provação?

— Sim, parece-me que você passou no último teste, o de coragem! – exclamou o monarca, entusiasmado.

Maxsuz levantou o rosto, expressando uma seriedade poucas vezes vista.

— O quê...?

— Finalmente, filho! Agora, você pode tomar o seu posto como nauri inhaoul, com todas as prerrogativas. Parabéns!

— Isso significa que não estava doente, e me fez acreditar que estava morrendo, só por causa de um teste?

— Sim, mas por uma causa digna. Você derrotou o seu maior medo por ter um objetivo claro em mente. Agora, nada mais vai lhe causar esse sentimento porque a besta abyssal, sua única limitação, sucumbiu diante de sua coragem, filho.

— Errado, pai. Isso só revelou o meu maior medo: o de perder você e minha família. – o jovem Argin suspirou, demonstrando sua frustração.

Jonac tentou amenizar a situação, sem sucesso.

— Maxsuz...

— Com licença...

O nauri deixou o cômodo, aliviado por seu pai estar bem, porém indignado por ter suas emoções manipuladas apenas para testá-lo novamente.

A CAIXA NEGRA

CAPÍTULO 7

O jantar foi rápido e silencioso. Na mesa enorme, os membros da família trocavam olhares sob um clima tenso. Jonac às vezes sorria, Maxsuz mantinha-se sério. Ali, agoniada pelo silêncio, encontrou um assunto para tratar.

— Ouvi rumores recentes de que Halts está retornando.

— Está falando sério? – perguntou Maxsuz, imediatamente animado.

— Sim. Ele chegará daqui a sete rotações, se o que me contaram estiver correto.

— Excelente, mal posso esperar para vê-lo depois de tantos ciclos!

O hizar deu um conselho.

— Tente mostrar suas habilidades para o seu irmão. Tenho certeza que ficará feliz em ver o quanto você cresceu.

— Não se preocupe com isso. Estive esperando por esse momento há muito tempo.

Marulin, que até aquele momento não se manifestara, levantou-se de sua cadeira após terminar a refeição e andou até o amigo.

— Maxsuz, quero mostrar algo.

— Claro. Vamos.

Marulin seguia pelos corredores do castelo, enquanto o garoto a acompanhava, inquieto.

— O que pretende mostrar?

— Algo que vai te surpreender.

Os dois estavam de frente para uma parede, nas antigas masmorras da fortaleza, há tempos abandonadas, dada a falta de criminalidade em Áderif.

— O que estamos fazendo aqui, afinal?

— Isso aqui! - Marulin enfiou o braço na fenda entre os tijolos acinzentados e quebrados, procurou algo no oco interior, e puxou uma alavanca.

Não demorou e barulhos estranhos surgiram da parede, até que um pedaço dela começou a descer, abrindo passagem para a escada que seguia longe, sem que os olhos permitissem ver além da escuridão.

— Incrível. - suspirou Maxsuz, maravilhado.

— Vamos? - instigou Marulin, enquanto acendia uma vela.

— Com certeza! - a empolgação tomou conta de ambos e desceram as escadas em direção à escuridão. Ao fim dos degraus, encontraram uma sala oculta. Tratava-se de um salão enorme, com metade de sua área inundada e destruída.

Marulin fechou a passagem do topo da escadaria, por meio de uma alavanca ao seu lado.

— Aqui é o meu lugar de ficar sozinha. Chique, não?

— Bem melhor que o meu.

— Cada lugar tem seu charme.

Maxsuz caminhou um pouco por onde não havia água, curioso, olhando tudo ao redor.

CAPÍTULO 7

— O que teria sido esse lugar? Nunca soube da existência dele. Pelo estilo único da arquitetura, deve ser muito antigo. Como o descobriu?

— Sorte, eu diria. Há uns ciclos, me perdi no castelo e acabei aqui. Percebi uma saliência na parede, investiguei e encontrei o buraco, onde coloquei o braço e achei a alavanca.

No centro da sala, havia uma caixa de metal com quase dois legros de altura, negra, lacrada, selada por duas estranhas fechaduras de cada lado. O nauri contemplou cada detalhe.

— Fascinante... Você tem as chaves?

— Infelizmente nunca as encontrei.

Maxsuz insistiu, passando as mãos pelas gravuras e fechaduras estranhas.

— Essas entradas... Parecem tão familiares... Acho que temos um mistério em mãos.

— Sim, eu só espero que consigamos desvendá-lo em uma rotação.

— Não se preocupe. Algo me diz que estamos próximos da solução.

※

Para Maxsuz, as seis rotações que se passaram depois daquele roten foram monótonas e comuns, exceto pelo treinamento intensivo, porque buscava impressionar o irmão, prestes a retornar.

Com o passar do tempo, a curiosidade pelo conteúdo da grande caixa negra cresceu em seu pensamento.

De onde eu conheço aquelas marcas? Eu sei que já as vi!

Caminhando pelos jardins e ruas da cidade, o Argin pensava na solução do enigma. Observando algumas casas, chegou em frente à fonte do centro.

Contemplou-a por um bom tempo, raciocinando e buscando inspiração, mas nenhuma ideia surgia.

Sentindo uma crescente frustração, decidiu visitar o recanto de solidão. Fez a longa caminhada até o Vigia e parou para apreciar a calmaria do mar Lona. Retirou a pedra sobre as quatro chaves escondidas. Ao segurá-las nas mãos, o nauri foi impactado por um pensamento poderoso, uma revelação.

Seriam essas as chaves da caixa?

O hizo correu de volta à Fortaleza Silécia, até alcançar a porta do quarto de Marulin. Bateu três vezes, enquanto recuperava o fôlego. Ela logo apareceu, usando um vestido leve e confortável.

— Maxsuz, o que está acontecendo, por que está tão ofegante?

O jovem nauri respondeu entre intervalos, recuperando o fôlego.

— Desculpe se a assustei, o motivo é justo. Acho que encontrei as chaves da caixa negra.

— Sério? Espere um pouco, vou me vestir! – fechou a porta e deixou o Argin esperando do lado de fora por alguns menuz.

Não tardou e Marulin saiu de seus aposentos com a mesma roupa aventureira usada quando foram ao Vigia pela primeira vez, porém com um casaco por cima da blusa branca.

Seguiram para as masmorras de Áderif e adentraram o salão em ruínas, onde a caixa negra os aguardava.

O hizo aproximou-se e analisou as fechaduras mais uma vez, comparando cada trava ao formato das chaves. Encontrou aquelas que pareciam compatíveis entre si e encaixou duas a duas, formando um novo par de chaves, preenchendo as duas fechaduras. No entanto, ao tentar girá-las, nenhuma das chaves se mexia.

— Droga, não funciona! – frustrado, o nauri bateu o punho cerrado contra o metal negro.

CAPÍTULO 7

— Talvez seja necessário girar todas ao mesmo tempo. Deixe-me tentar ajudá-lo. – Marulin caminhou para o outro lado da caixa e segurou a chave mais próxima.

— Bem pensado. No três: um, dois, três! – os dois giraram as chaves em sentido horário e conseguiram destravar o interior da caixa.

Por cautela, afastaram-se do objeto, que ruidosamente engoliu as chaves pelas fechaduras. As paredes da caixa caíram para os lados, revelando um pedestal negro que segurava um objeto antigo em destaque: uma espada branca e detalhada, com antigas marcas cravadas na lâmina. Ela emitia um som estranho e ondas de algum tipo pareciam distorcer o próprio espaço ao redor, como se estivesse submersa.

Marulin, vislumbrando o objeto misterioso, mal podia se mover e Maxsuz, por sua vez, teve a surpresa dissipada rapidamente, atraído pela arma.

Com poucos passos, o hizo alcançou o pedestal e retirou a espada pálida de seu longo repouso, observando-a de perto. A distorção e o zunido desapareceram, substituídos por um sentimento intenso a viajar por todo o corpo do Argin, tal qual uma prazerosa pressão. Apesar do tamanho e da aparente constituição metálica pesada, a espada se mostrava tão leve quanto pluma nas mãos.

— O... O que é isso? Uma espada? – perguntou Marulin, esforçando-se para encontrar as palavras certas.

— Sim... Diferente de todas que já vi. O peso, a textura, a sensação. Receio que, ao abrirmos a caixa, ganhamos mais perguntas do que respostas: de onde veio e por que estava trancada dessa forma, em um lugar oculto, resguardado?

Ela se aproximou da arma branca e a observou bem.

— Maxsuz, os escritos na lâmina são de uma língua desconhecida por nós.

— Eu percebi. Mas, por algum motivo, os símbolos gravados me trazem uma certa sensação de familiaridade. De todo modo, a espada parece mais leve do que pena. Isso deveria ser impossível. Quero a opinião de um ferreiro, se você estiver de acordo.

Marulin cedeu ao pedido.

— Acredito que não seja um problema. Só não quero que se torne algo de conhecimento do público.

Maxsuz e Marulin deixaram a fortaleza e foram procurar o ferreiro das redondezas, um homem de sessenta e três ciclos, experiente e conhecedor de várias histórias, ex-mercenário pelas terras de Métis.

Não demoraram para achar a sua loja grande e próxima ao centro da cidade. Estranharam, no entanto, que o estabelecimento aparentasse estar vazio.

— Olá? – chamou Maxsuz.

— Tem alguém aí? – complementou Marulin.

O artesão os reconheceu.

— Clientes. Não; vou me corrigir: mais do que clientes. A família hizária, que bom vê-los. Sabem, em tempos de paz é difícil vender armas. Mas perdoem-me. Nem me apresentei. Meu nome é Barno. A que devo tão nobre visita?

Foi o hizo quem respondeu.

— Gostaria que realizasse alguns testes com essa espada, para verificar a firmeza do material, o peso, o fio do corte, dentre outras coisas.

— É uma bela arma que você tem aí, alteza. Posso? – Barno estendeu as mãos.

— Claro.

Maxsuz entregou a espada ao ferreiro, porém, no mesmo instante que o nauri deixou de tocá-la, Barno deixou-a cair. Os jovens quase tiveram um surto, mas a arma parecia intacta após a queda.

O antigo mercenário procurou se explicar.

CAPÍTULO 7

— O que foi isso? Por um instante, senti a espada ficar pesada de um jeito que foi impossível segurá-la.

Barno tentou reerguer a arma do chão. Não importasse a força que colocasse, ela mantinha-se imóvel.

— Mas o quê... Eu não... Consigo... Erguê-la...

O ferreiro investiu toda sua força, mas não moveu o objeto um milegro sequer. — Ajude-me aqui!

O nauri agachou-se, confuso. Se há pouco, a espada era tão leve que parecia ser feita de ar, por que agora pesava tal qual uma bigorna? Os dois homens seguraram um de cada lado da arma e a puxaram. Dessa vez, foi levantada sem a menor resistência.

— Mas o que está acontecendo aqui? – o hizo estava chocado.

— Só pode ser brincadeira. Deixe-me ver isso. – a protegida segurou a espada junto com Maxsuz, incrédula com a situação.

Com cuidado, o garoto soltou lentamente a arma, deixando-a às mãos dela; e outra vez, a espada desabou.

Marulin ficou fascinada.

— Inacreditável. É como se uma força poderosa a puxasse para o chão assim que Maxsuz deixa o contato com a espada!

Barno apontou para o objeto mencionado e comentou.

— Não faço ideia do que esteja por trás disso, senhor nauri. Pegue a espada e a coloque sobre a minha bigorna.

O jovem pegou a arma do chão e a colocou onde o ferreiro pediu. Barno pegou a marreta mais pesada e bateu violentamente contra a lâmina pálida, a fim de pesquisar a dureza do material. Para espanto de todos, a pesada marreta rachou com o impacto e a arma sequer vibrou.

Barno teve outra ideia.

— Coloque-a na fornalha. É a única coisa que pode dar certo.

Maxsuz e Marulin se entreolharam, temendo a danificação. Cochicharam e decidiram que, levando em conta a interação da espada com o mundo exterior até então, parecia não haver perigo. O hizo colocou a arma na fornalha, e Barno acendeu as chamas.

— Isso demorará alguns menuz, se puderem esperar.

O Argin respondeu.

— Estamos aqui para isso. Aguardaremos.

Após dez menuz, o nauri removeu a espada da fornalha, utilizando luvas adequadas, e a colocou sobre a bigorna. Mesmo com todo aquele tempo ao fogo, o metal sequer tornou-se mais maleável ou apresentou a coloração alaranjada que outros metais da fabricação de armamento teriam sob altas temperaturas, como a de uma fornalha acesa.

Como último teste, Barno marretou a lâmina mais uma vez. O impacto estraçalhou a ferramenta. Tanto o ferreiro quanto os jovens estavam sem palavras.

— Baseado em tudo o que vi até aqui, só um metal poderia se aproximar das propriedades dessa arma: tungstênio, um dos metais mais raros de Seratus. Mesmo esse metal não deveria ser tão resistente aos choques físicos e térmicos. Outra questão é que nunca ouvi falar da fabricação de um armamento de tungstênio em toda a história de Seratus. Além disso, nada chega perto de responder o porquê de apenas o senhor nauri poder empunhá-la. Perdoem-me por não poder ajudá-los mais do que isso. É tudo o que sei.

— Não é culpa do senhor, mas o fato é que viemos em busca de respostas e vamos sair daqui com mais perguntas. Parece um mistério impossível de ser solucionado...

Cada vez mais intrigado, Maxsuz deixou isso bem claro.

— Estou muito curioso e pretendo pesquisar o que puder sobre o tungstênio e outros metais raros, na biblioteca de Áderif.

CAPÍTULO 7

Segurando a arma, o Argin a encarou, reflexivo, e um pensamento surgiu.

Talvez por tudo isso ela estivesse trancada em um lugar escondido e abandonado pelo tempo... Seja como for, sinto que a arma precisa ficar comigo.

O nauri hizo, bem treinado e obstinado, sentia-se disposto a descobrir a história por trás daquele mistério. Marulin, decerto, o ajudaria.

OS ARGIN

CAPÍTULO 8

Em onze de Jol, às quinze passagens, a cidade de Áderif esperava pela chegada de Halts. A praça da Fortaleza Silécia estava lotada; Jonac, Ali, Marulin, Maxsuz, Alber, Barno e muitos outros. Os soldados formavam um corredor humano depois dos portões, cada qual esperando para levantar sua espada e saudar o hizo, herdeiro do trono.

Maxsuz se certificava de que todos se posicionavam em militar "postura de sentido". Para ele, tudo precisaria acontecer com perfeição.

Ao longe, arqueiros de luneta no topo da muralha avistaram um reprano branco em direção à Áderif, montado por um repraneiro prateado, bem conhecido por todos.

— Hizo avistado! – gritaram os arqueiros.

— Soldados, em posição! – Maxsuz ordenou.

O hizar Jonac deu a ordem final.

— Comecem a tocar a música!

Assim que Halts atravessou a grande muralha que cerca a cidade, foi escoltado por uma tropa da guarda hizária. Passos cada vez mais intensos dos repranos podiam ser ouvidos, até chegarem os repraneiros que seguiam Halts, destacado por sua vestimenta especial. Os soldados cumpriram a ordem, levantaram suas espadas e saudaram o Argin.

— Salve a família hizária!

— Salve Métis!

Halts desceu do reprano e retirou o capacete. Aos vinte ciclos, mostrava-se bem mais maduro do que a última vez em que fora visto na capital.

— Bem-vindo, meu filho. – Jonac caminhou até o hizo com uma expressão estranha, entre alegria e seriedade, erguendo a mão para um aperto.

De forma fria, o jovem cumprimentou o hizar. Em seguida, ajoelhou-se sob uma perna só, em reverência.

— É bom estar de volta.

Halts levantou-se, voltando a atenção para Ali e Maxsuz, abraçando os dois.

— Mãe, irmão, que bom vê-los!

A hizara beijou-o nas bochechas.

— Bem-vindo, filho!

— Há quanto tempo, Halts. – Maxsuz sorriu como se fosse uma criança novamente.

— Você cresceu bastante, Maxsuz. – o herdeiro acariciou o cabelo do caçula, enquanto olhava para a pessoa ao lado. — E você, Marulin, já se tornou uma moça!

— Olá, Halts! É muito bom revê-lo! – ela o saudou, curvando-se.

Maxsuz dispensou os guardas e a música cessou. Todos começaram a se retirar e o reprano de Halts foi levado aos estábulos para o merecido descanso após tão longa viagem.

A curiosidade de Maxsuz estava quase transbordando.

— Então, Halts. O que fez em sua jornada?

O herdeiro olhou para o alto, relembrando as aventuras.

— Muita coisa, irmão. Será melhor conversarmos mais tarde, após um descanso. Sinto saudade de um bom banho e da minha cama.

Maxsuz ficou visivelmente decepcionado e respondeu com simplicidade.

— Entendi.

Ali, a hizara, maternal e terna, chamou todos de volta ao castelo.

CAPÍTULO 8

— Seu irmão está certo. Isso não é conversa para o momento. Vamos, aposto que o nosso viajante está morrendo de fome!

Halts sorriu e começou a caminhar com a hizara.

— Mãe, admito: a coisa que mais tive saudade em todo esse tempo foi o seu bolo.

— Pare, Halts, assim vai acabar me deixando vermelha!

Ao entardecer daquela rotação, o recém-chegado hizo encontrava-se sentado na praia em frente à fortaleza, relaxado e com vestimentas mais casuais. Com o olhar saudoso, contemplava as ondas do mar, quando Maxsuz apareceu e sentou-se ao lado do irmão, permanecendo em silêncio por alguns instantes, para não perturbar a visível paz do mais velho. Contudo a crescente vontade de conversar tornou-se grande demais.

— Halts, pode me contar agora o que andou fazendo todos esses ciclos?

O primogênito soltou um suspiro de impaciência, mas logo sorriu e respondeu.

— Procurando um propósito, Maxsuz; algo com que me apaixonasse e que fizesse ter a sensação de estar vivo. As viagens mostraram que o meu propósito estava aqui, em Áderif. Por isso, retornei.

— E qual seria esse seu propósito?

O herdeiro soltou um breve riso, ergueu-se e acariciou o couro cabeludo do caçula.

— Você ainda é muito jovem para isso, irmão. Talvez em uma rotação, quando for mais maduro, eu explique. – e começou a caminhar de volta ao castelo, convocando o outro. — Venha, haverá uma festa por minha chegada nesse roten. Precisamos nos arrumar.

— É verdade! – Maxsuz levantou-se e seguiu o irmão.

⚙

A festa para celebrar a chegada de Halts começara às vinte e três passagens daquela mesma rotação, estendendo-se da praça da Fortaleza Silécia à praça central de Áderif, com uma grande feira.

Quase todos já estavam presentes, com a exceção de Halts e Jonac. Maxsuz optou por uma camisa branca, casaco e calça nos tons negro e azul, botas negras com grosso solado de borracha.

Há tempos, Áderif não testemunhava uma festa tão grandiosa. Ali, a hizara, acenava aos súditos de seu trono móvel, apreciando a música. Por enquanto, o espaço do hizar permanecia vazio ao seu lado. A grande fogueira iluminava o centro da praça, gerando calor e energia para a festa inteira. Era o evento do ciclo.

Passando pelas barracas das lojas, o jovem Argin viu uma linda moça que comprava livros. Ficou um tempo admirando-a, até perceber que era Marulin, tão bem-arrumada que não a reconhecera de imediato. Usava um longo vestido verde-esmeralda, cabelos soltos e brilhantes, calçados feitos pelos artesões de Áderif e, no pescoço, uma bela gargantilha.

Maxsuz se aproximou aos poucos, até ficar ao lado de Marulin, sem que ela o percebesse.

— Vejo que não economizou na produção.

Ela virou-se surpresa, com alguns livros entre as mãos, envergonhada pelo comentário.

— Maxsuz. Nem te vi aí. Obrigada!

CAPÍTULO 8

— E esses livros todos?

— Estou tentando achar algum conteúdo que responda nossas perguntas. Espero encontrar pelo menos umas pistas.

— Ah, sim. – o nauri olhou para o resto da feira, demonstrou estar um pouco desconfortável, como se quisesse dizer alguma coisa, e voltou-se para ela. — Escute, por que não deixamos esses livros aí por um momento e vamos dançar um pouco?

— Marulin mostrou-se constrangida, embora sorridente.

— Claro, vamos sim!

Maxsuz pegou sua mão com carinho e a levou para perto da grande fogueira. Lá, começaram a dançar e sentiram uma estranha harmonia, como se já tivessem treinado antes.

Sorriam e mantinham o foco no olhar do outro, quase que hipnotizados. Quando a melodia acabou, todos aplaudiram os músicos e os adolescentes riam, segurando um ao outro.

Em meio aos festejos, um grande ruído foi ouvido por todos, seguido pelo altíssimo grito de uma criatura. De repente, todos os olhos se voltaram para o que pareceu ser uma explosão vinda do castelo.

A hizara gritou, assustada.

— O que foi isso?

Em instantes, um imenso monstro alado negro de sete legros de altura, quinze de comprimento e quinze de envergadura saiu do castelo destruindo a parede frontal, para o espanto de todos.

O monstro assustador se destacava ainda por sua crina de fogo negro que descia do pescoço até a ponta da cauda, seus dois chifres curvados no alto do crânio, duas enormes presas externas saindo das mandíbulas, olhos rubro-escuros reluzentes com pupilas verticais e um orbe de cristal, que emanava luz de mesma cor em seu peito.

A cena que os pacíficos cidadãos de Áderif viram a seguir os deixou apavorados. A criatura soltou um grito ensurdecedor, batendo as asas enormes e passando por cima de todos na praça.

Não bastasse o tamanho, o aspecto aterrorizante e o poder de destruição da fera, quem estava na praça conseguiu ver Jonac em sua pata cerrada, aparentemente morto.

Maxsuz sacou a espada e correu atrás da fera. Os arqueiros em cima da muralha dispararam dezenas de flechas em direção ao monstro, mas os projéteis foram repelidos pelas firmes e rígidas escamas da besta, que contra-atacou, disparando da boca uma lufada de fogo negro na direção deles. Todos caíram instantaneamente. Era, de longe, o maior suplício de todos os ciclos e não faltou quem pensasse que seria o fim de Áderif.

O monstro virou-se e disparou outra rajada de fogo negro em grande parte da cidade. O nauri parou de correr ao perceber que seria em vão tentar acompanhar a velocidade da criatura. Observou-a cessar o ataque e levar o corpo do hizar embora, cada vez mais para o alto. Incrédulo, ajoelhou-se em estado quase catatônico.

— Paaaaaaaaaaaaaaaai! – foi possível ouvir de longe o grito agudo e cortante do nauri que, de joelhos, cravou sua espada contra o chão, desconsolado, com a sensação de impotência diante de tão colossal inimigo.

Procurando se recompor, correu até a fortaleza destruída para procurar o irmão Halts. O salão principal, onde antes se via o magnífico trono do hizar, agora se resumia a um monte de ruínas. O edifício fora devastado pela força da fera, que atravessou com facilidade as paredes, deixando tudo destroçado.

Maxsuz encontrou o hizo herdeiro ao chão, preso pela perna por uma viga que despencara. Com um tremendo esforço, removeu o objeto de cima do irmão, que urrava de dor. Levou um instante para que o nauri

CAPÍTULO 8

percebesse o motivo de tanta dor. O impacto da viga quebrara a perna do irmão mais velho.

Seu único consolo foi pensar na hizara e em Marulin, pois deixara ambas em segurança, menuz antes, aos cuidados dos soldados de sua confiança.

O nauri, desesperado, procurava respostas, ainda que no fundo soubesse que somente perguntas existiam.

— Irmão. O que aconteceu aqui?

Halts nem conseguia pensar direito, confuso e enfraquecido pela dor.

— Eu... Não sei... Onde está o nosso pai?

Desolado e com um nó na garganta, o Argin mais jovem não conseguiu responder. Lembrou-se de tudo de bom que vinha ocorrendo em sua vida: a nomeação como nauri, o encontro daquela espada misteriosa, o retorno de seu irmão, a festa e a dança com Marulin. Agora, sua casa e a cidade estavam em ruínas e sua família, após uma reunião que deveria ser prazerosa, fora destruída. Lembrou-se por último do monstro levando seu pai nas garras e desaparecendo na escuridão. Apenas permaneceu em silêncio, sem conter mais as lágrimas.

CRISE

CAPÍTULO 9

Na passagem seguinte ao atentado, todos os guardas da cidade se posicionaram sob alerta total. No missário municipal, Maxsuz permanecia sentado no saguão, sentindo uma mistura de ódio e agonia que deixavam seu olhar pesaroso. Mal conseguindo se conter, aguardava quaisquer notícias dos familiares.

O impacto da viga que desabou sobre Halts poderia ter-lhe custado a perna, mas os missáris de Áderif eram os mais competentes profissionais da área em Seratus. Em contraponto, o ataque não passou sem deixar rastros em cada membro da família hizária. A hizara, por exemplo, escapou sem danos físicos, mas com graves efeitos psicológicos. Aterrorizada por não saber o que fazer para ajudar o ligado e os filhos, Ali teve uma convulsão.

Os pensamentos do nauri corriam a mil.

Por quê? Por que justo hoje?

Maxsuz tentava, em vão, compreender o incompreensível. Buscava respostas tangíveis ou não, qualquer luz que explicasse a dor em seu peito.

Os missáris informaram ao nauri que já seria possível visitar seus familiares. Maxsuz imaginou que seria melhor esclarecer o atentado ao máximo, então decidiu visitar primeiro o seu irmão.

Chegando ao quarto, avistou o hizo herdeiro deitado no leito, enfaixado em várias partes do corpo, com a perna paralisada por talas de madeira enroladas em tecido. Sentou-se em uma cadeira ao lado do leito e suspirou, para chamar a atenção do outro de forma delicada. Halts abriu os olhos lentamente e voltou o rosto para o irmão caçula.

— Maxsuz.

— Como está se sentindo, Halts?

O Argin mais velho respondeu do jeito que deu.

— Confesso que já estive melhor.

— Sinto muito, irmão. Você passou tanto tempo longe de casa, e logo que volta algo catastrófico acontece. Vejo que eu não estava preparado para proteger Áderif. Se estivesse em meu posto, junto com os outros guardas, poderíamos, talvez, pelo menos salvar alguém.

O momento sugeria uma ajuda emocional, pois Maxsuz sentia-se destroçado por dentro. O mais velho entendeu e estendeu seu braço, colocando-o sobre o ombro do jovem hizo.

— Nós dois sabemos que atribuir-se culpa não vai desfazer o que aconteceu. Ninguém poderia estar preparado para aquilo, Maxsuz. Nem sabemos de onde vem ou quem é o monstro que nos atacou.

— Está certo. Vou certificar-me que permanecemos em alerta máximo de segurança. Tente descansar, irmão. Saiba que vingarei a sua perna quebrada, os bons soldados vitimados e, claro, o nosso pai.

Levantou-se e deixou os aposentos. Ao se aproximar do quarto de sua mãe, mesmo do lado de fora Maxsuz pôde ouvir os gritos de agonia e o choro desesperado da hizara. Com o coração apertado, adentrou o cômodo sem saber ao certo o que ou como dizer para oferecer algum conforto à Ali.

— Mãe, eu sinto...

A hizara conteve suas lágrimas por um instante, assim que viu Maxsuz de pé, na porta do aposento. Nesses momentos, toda mãe tem o poder de aplacar a própria dor para ajudar o filho a lidar com a sua.

CAPÍTULO 9

— A culpa não é sua, Maxsuz. Eu só... Sinto-me tão grata por você estar bem. Quase perdi Halts também para aquele monstro. É um pesadelo, filho!

— Eu vou encontrar a criatura. Trarei de volta a paz para nossa família.

Ali segurou o antebraço do filho, em desespero.

— Não vá. Fique aqui, comigo. Você e Halts são tudo o que me resta e não posso permitir que faça algo tão perigoso!

Maxsuz pôs sua mão livre sobre a de sua mãe, acariciando-a.

— Mãe, eu sou o nauri de Métis. Meu dever é garantir a segurança do nosso país e, especialmente, da família hizária. Já falhei por não estar preparado para o ataque. Não me darei a escolha de não fazer nada. Acredito que o meu pai ainda esteja vivo, então preciso encontrá-lo. Se eu estiver errado, pelo menos poderei vingar nosso país, nossos soldados, o hizar e o meu irmão, que está convalescendo por causa daquele monstro.

Ali acalmou-se um pouco e soltou o hizo.

— Muito bem. Mostre àquela besta por que foi escolhido para ser o nauri de Métis, mas volte para mim. Eu confio em você!

Maxsuz ofereceu um sorriso confiante para a mãe e deixou o quarto. No caminho da saída do missário, viu um dos arqueiros atingidos pelo fogo negro em tratamento e ficou imóvel, aterrorizado. A pele do homem estava acinzentada. As veias próximas à pele se mostravam enegrecidas. A quem olhasse, era como contemplar um "cadáver vivo".

Maxsuz entrou no cômodo e questionou à missári que atendia o paciente.

— O que aconteceu com ele e por que esta coloração de pele?

— Nauri, o paciente parece ter entrado em um tipo de coma, nunca vi nada igual. Conversando com os meus colegas, percebemos que todos os soldados que estiveram em contato com o fogo sombrio da criatura adquiriram esse aspecto enfermo. Deve ser algum tipo de toxina, ainda estamos estudando.

— Certo. Vou deixá-la com os seus afazeres e agradeço por cuidar tão bem de nossos homens.

Na entrada do missário, o hizo observou as famílias dos feridos, todas em desalento e aflição. Ligadas, filhos, amigos, irmãos e, em alguns casos, até netos. A cena era deprimente além da compreensão.

De volta à Fortaleza Silécia ou ao que dela restava, Maxsuz foi ao encontro de Marulin. Não conseguia parar de pensar no pai, mas segurava o choro e seguia o seu caminho, com o semblante firme e a sensatez que o cargo de nauri exigia. Na frente da porta do quarto de Marulin, ouviu lá de dentro um choro baixinho. Levantou o braço e hesitou um pouco, sem saber ao certo se deveria envolvê-la naquilo tudo. Acabou batendo à porta, esperando uma resposta.

Com a voz abafada pelas insistentes lágrimas, Marulin respondeu.

— Entre.

Maxsuz abriu a porta lentamente e entrou no quarto escuro, com todas as janelas fechadas. Pela pouca luz advinda dos lampiões no corredor, viu Marulin encolhida na cama. Sentou-se ao lado dela, cabisbaixo. Suspirou com profundidade antes de abrir a conversa.

— Eu sei e sinto na pele o que você está sentindo. Vim até aqui para ver como estava.

Marulin desabafou, abriu o coração, com o choro por Jonac cada vez mais intensificado.

— Ele foi quem me salvou quando eu estava só e não tinha mais ninguém. Não era problema dele e, mesmo assim, me protegeu, me deu uma família, uma casa, um propósito. Hoje, ele deve ter se sentido sem esperança alguma também. E eu não estava lá para salvá-lo. Sinto que todos que me amam acabam mortos, Maxsuz.

— Ele ainda está vivo. Eu sei que sim. Nem tudo se perdeu. Vou trazê-lo de volta.

CAPÍTULO 9

— Está falando sério? – as lágrimas de Marulin cessaram por um momento.

— Sim, é o meu dever e o meu objetivo. Eu prometo! – o Argin gentilmente segurou a mão da garota e ofereceu um sorriso reconfortante.

A protegida abraçou-o, grata, e continuou a chorar, mas agora amparada pelos braços do amigo.

Na rotação doze de Jol, a cidade vivenciava sua primeira rotação sem governante. Halts já conseguia andar de muleta e Ali permanecia no missário, em observação. Às nove passagens, Maxsuz preparava o seu reprano, Rigtiz, para a montaria na jornada. Vestia uma armadura do estilo gambição e, na bainha, carregava a sua espada nova. No reprano, via-se a carga presa: uma mochila com suprimentos e equipamentos diversos. Pouco antes de partir, Halts apareceu nos estábulos.

— Maxsuz. Aonde vai?

— Procurar a cura para os meus soldados e encontrar o nosso pai. Está definido.

— Não vim me opor ao seu objetivo. Apenas quero alertá-lo que tomarei conta de Áderif como hizar provisório, enquanto não tivermos a confirmação do estado de Jonac.

— Você nasceu e foi criado para isso. Não tenho com o que me preocupar. Já eu, fui treinado para ser um guerreiro protetor de nossa família e do povo, e pretendo cumprir o meu dever, custe o que custar.

— Só faça o favor de retornar inteiro, meu irmão nauri. Métis, e mais importante, nossa mãe, precisa de você. – o mais velho o saudou de maneira militar, prestando continência.

— Eu prometo! – e estendeu o polegar positivo para Halts.

O hizo ferido retornou ao castelo, enquanto Maxsuz partia para a sua desafiante jornada. Aos primeiros trotes do reprano, Marulin gritou, da porta do estábulo.

— Maxsuz, espere!

O nauri olhou para trás e ficou surpreso com o que ouviu da protegida, visivelmente determinada.

— Eu vou contigo. Jonac salvou minha vida. Este é o momento de retribuir!

Maxsuz se irritou com a demanda, não podia admitir que ela arriscasse a vida.

— O quê? Ficou louca? Isso não é uma viagem de lazer. Estou a caminho de um inevitável encontro com a morte.

— Não importa o que diga, Maxsuz, estou decidida. Sem Jonac, não há nada em Áderif para mim. Não tenho valor, propósito ou sonhos. Vou com você, para pagar a dívida de vida que tenho com o hizar, e não aceito "não" como resposta.

A irritação do hizo deu lugar a um olhar confuso.

— Mas como irá me ajudar e colocar-se em tamanho risco, se nunca recebeu treinamento de combate?

— Não de combate, mas de sobrevivência. Passei a infância inteira em uma fazenda, e meus pais ensinaram várias estratégias para o enfrentamento dos perigos da natureza.

Vencido, o Argin respirou fundo e fixou o seu olhar na jovem.

— Muito bem. Você virá comigo. Só espero que entenda o tamanho do risco. É possível que não saiamos vivos da jornada.

— Estou ciente. Se quiser, eu assino um documento, isentando você ou qualquer pessoa por aquilo que decidi enfrentar.

CAPÍTULO 9

— Não precisa tanto. Já vi que não mudará seu posicionamento. Então vista-se para o combate e prepare um dos nossos melhores repranos, uma mochila com alimentos, roupas e outras provisões, sem muito peso. Vou retardar um pouco a partida, enquanto você se prepara. Seguiremos em até uma passagem e já tenho em mente a nossa primeira parada.

Marulin abriu um sorriso animado com a permissão do amigo nauri e saiu correndo para providenciar os preparativos recomendados. Voltou alguns menuz depois, vestida para a jornada. Uma armadura de gambição similar à de Maxsuz, porém em um tom mais claro, e um sabre embainhado preso ao cinto. Trazia nas rédeas o reprano cinza chamado Virtus, um forte animal outrora usado pelo próprio hizar. A mochila de suprimentos já estava presa ao reprano.

— Estou pronta. Uma vez, Jonac disse que se eu precisasse, em alguma rotação, de um reprano capaz de levar-me a uma jornada desafiante, estaria previamente autorizada a cavalgar o seu Virtus. Espero que você não se importe, Maxsuz.

O nauri a admirou pela coragem.

— É uma honra vê-la cavalgar o belo Virtus. Confesso que temo por sua segurança, Marulin. Peço que, a cada passo da jornada, fique próxima de mim. Eu não me perdoaria se não pudesse protegê-la.

Os corajosos jovens partiram de Áderif em direção à Floresta Anderina. Maxsuz dera as ordens ao seu reprano Rigtiz, que rastreava o cheiro do homem estranho e poderoso, encontrado na floresta há algumas rotações. Marulin o seguia de perto, alerta a tudo, como recomendado.

O ALKAGUÍRIO

CAPÍTULO 10

Cavalgando pela longa viagem, às doze passagens e vinte menuz, encontraram uma cabana de madeira humilde, escondida no meio da mata. Pararam à frente dela com o olhar atento aos possíveis e variados formatos de perigo. Desceram de seus repranos e olharam um para o outro, prontos para tudo.

Maxsuz decidiu ser prevenido.

— Fique aqui, Marulin. O homem que procuro não foi tão amigável comigo. Se ele estiver na cabana, acho melhor encontrá-lo sozinho.

— Como ele poderá nos ajudar na empreitada?

— Não tenho certeza, mas ele é a única ideia que tenho. Eu o vi em ação, espantando uma matilha de coidontes, de uma maneira surpreendente.

Caminhou até a entrada da cabana em silêncio, com uma mão "tateando o ar" e a outra, segurando com firmeza o cabo da espada embainhada. Uma voz se antecipou às batidas na porta e Maxsuz virou-se para trás alerta, para ver quem era.

O misterioso surgiu do matagal, indisposto às gentilezas de anfitrião.

— Você de novo? Eu pensei ter dito que... – o estranho paralisou-se ao ver Maxsuz, por instinto, sacar sua pálida espada. — O quê... Você... Como é possível?

— Ah, não faça isso de novo! – o rapaz repreendeu o homem pelo susto causado, embainhando sua lâmina outra vez.

— Não a guarde! – o misterioso gritou, estendendo a mão como se quisesse alcançar o nauri que, com o alerta, interrompeu sua ação. — Deixe-me vê-la, por favor. - com o olhar hipnotizado, o estranho rapidamente caminhou até Maxsuz, que não sabia se ficava confuso ou assustado pela situação.

Marulin também nada entendia, não sabia se o hizo tinha a sua frente um inimigo ou aliado. O garoto resolveu confiar e apresentou a espada ao estranho, que avaliou o objeto com atenção.

— Você sabe o que é esta espada?

— Ela... Está exatamente igual a como eu me lembrava. Sua pressão, força e imponência... – o misterioso, então, voltou sua atenção para o nauri. — Quem é você e onde a encontrou?

— Antes de continuarmos as apresentações, quero antecipar que necessitamos de sua ajuda com urgência e por isso estamos aqui.

— Vou escutar o que você tem a dizer ou pedir. - o senhor abriu a porta e gesticulou para que o hizo adentrasse. — A senhorita também está convidada. - disse o homem a Marulin.

O interior da cabana era mais humilde que o exterior e cheirava a madeira velha. Alguns poucos móveis preenchiam os dois cômodos; uma sala com pequena cozinha ao canto e um quarto minúsculo, mobiliado por uma cama e uma mesa de canto. Os dois convidados sentaram-se em pequenos e velhos bancos que rangiam com o peso, enquanto o misterioso olhava pela janela, tenso e pensativo.

— Conte-me exatamente o porquê de terem me procurado.

Cada rememoração do ataque deixava Maxsuz mais pesaroso. Fez um esforço para colocar o inusitado amigo a par dos acontecimentos. Contaria em detalhes e deixaria o homem com a certeza de que a situação se mostrava bem mais séria do que se imaginava.

CAPÍTULO 10

— Ontem, a cidade de Áderif comemorava o retorno do hizo herdeiro Halts Argin após uma longa viagem, quando uma criatura gigantesca e negra como o roten, com asas que pareciam cobrir toda a cidade, destruiu a Fortaleza Silécia como se não fosse nada, disparou uma espécie de fogo sombrio contra as casas e as pessoas. – o anfitrião subitamente empalideceu, enquanto Maxsuz continuava o relato e Marulin escutava, em silêncio. — A criatura também levou consigo o hizar Jonac Argin, possivelmente morto. – Maxsuz refletiu que não faria sentido guardar informações, já que precisava de ajuda, e finalizou sem nada esconder. — O hizar é meu pai. – o jovem nauri cerrou os olhos e abaixou a cabeça.

— Você é um hizo também? – o misterioso mal conseguia falar, de tão preocupado.

Foi em direção ao seu pequeno e velho armário, pegou uma garrafa de vidro e, de uma só vez, bebeu um líquido de cor bronze, deixando o frasco vazio cair e estilhaçar-se, ao passo em que se perguntava, voltando à janela.

— Não pode ser... O que ele fez...? São tantos elementos que me fazem pensar! – o homem virou-se para o hizo. — Você ter me encontrado e, poucas rotações depois, esse ataque... A espada que trouxe, o fato de estarem aqui e agora; tudo isso não poderia ser coincidência.

Marulin sentiu-se tão perdida quanto o companheiro de viagem, e resolveu perguntar.

— O que o senhor está insinuando?

— Ainda é cedo para insinuar, por enquanto estou só avaliando os fatos. Diga-me o seu nome, garoto!

— Maxsuz Argin, senhor. Essa é Marulin, minha... Ela também é da família hizária. Será que me permitiria perguntar o seu nome?

— Sou Hollowl Zul. – o anfitrião antes ríspido assumiu um semblante respeitoso, típico dos súditos. — Agora percebo que vossa alteza ainda não se deu conta de que é alguém muito especial.

— O... O quê? – o nauri estava confuso.

— O fato de conseguir segurar essa espada que carrega na bainha prova o que digo. Imagino que já tenha percebido não se tratar de uma arma qualquer.

— Sim, notamos aspectos únicos e nunca vistos, que não sabemos explicar. Sabe do que se trata, senhor Zul?

— Pode me chamar de Hollowl, se preferir. Enfim não sei se poderei ou saberei explicar tudo. Entendo o suficiente para que as coisas comecem a fazer sentido. Antes que continuemos, preciso saber exatamente o que veio pedir a mim. – o Zul cruzou os braços e aguardou a resposta.

— Vim até você por conta do que o vi fazer quando nos encontramos pela primeira vez; aquela onda de luz que afugentou tantos coidontes. Nunca vi nada igual e, após o ataque da criatura, pensei que talvez soubesse algo que desconhecemos. Vários soldados de Áderif foram atingidos pelas chamas negras e agora estão em uma espécie de "estado de coma", a caminho de uma morte lenta.

Marulin complementou.

— E precisamos também saber o que houve com Jonac, porque temos esperanças de que esteja vivo.

O hizo curvou-se ao anfitrião, demonstrando a honestidade de seu pedido.

— Por favor, senhor Zul. Se entende a profundidade do que estou contando e da tamanha dor que estou experimentando, por favor ajude-nos ou todos morrerão. Nossos missáris não sabem como curar os enfermos.

Mais uma vez, Hollowl deu uma rápida espiada pela janela.

— Ajudarei, mas não da forma que imagina. Vamos ao lado de fora. Quero lhes mostrar uma coisa.

Maxsuz e Marulin seguiram Hollowl, preocupados, mas esperançosos.

Caminhando de volta à clareira ao redor da cabana, o homem se afastou um pouco da moradia, enquanto os adolescentes o acompanhavam.

CAPÍTULO 10

— Esperem aqui. Preciso buscar o meu machado.

— Seu machado? – a moça questionou, com voz baixa, e Maxsuz explicou.

— Foi com um grande machado branco que ele criou a onda de luz capaz de assustar os coidontes.

Poucos menuz depois, o Zul retornou segurando a grandiosa arma. Apesar de parecer pesado, o homem a carregava sem o menor esforço.

— Aqui está. Este é o Machado Zéfer, minha alkálipe... – Hollowl apresentou a arma para que os convidados a observassem de perto.

— Al... Kálipe? – o nauri tentou pronunciar aquela palavra desconhecida.

— Sim, como essa sua arma, que você chama de espada.

Marulin partilhava a curiosidade.

— O que, afinal, é uma alkálipe?

— É a arma característica de um alkaguírio, como você, Maxsuz.

— Eu sou o quê? – a dúvida em sua expressão era declarada.

— Sim, um alkaguírio. Acalme-se, tudo será esclarecido com o tempo. Posso adiantar que os alkaguírios são guerreiros lendários, há muito esquecidos, que utilizam a energia presente em todas as coisas, a árula, para se fortalecerem; a mesma energia que você, hizo, me viu manifestar. Usei a minha árula para produzir luz e afastar os coidontes naquela rotação.

Maxsuz tentava se recompor diante de tais revelações, quando Marulin questionou.

— Árula... Jamais conheci essa expressão nos livros de ciências. Alguém sabe de sua existência?

— É uma longa história sobre a qual trataremos mais vezes, pois agora não temos todo o tempo do mundo para conversarmos.

— Tem razão, precisamos resolver coisas mais urgentes, inclusive o hizar pode estar à espera de salvamento.

— Mas o básico é bom ser aprendido. A árula em nós, himônus, manifesta-se no que chamamos de frequências arulais. Cada alkaguírio tem a sua. A minha é a luz.

O hizo ficou pasmo.

— Significa que eu seria capaz de fazer o mesmo que você fez em relação aos coidontes?

— Talvez. Primeiro, devemos identificar a frequência arulal a lidar. Seu poder dependerá dela. – Hollowl desceu ao chão coberto de mato e cruzou as pernas. — Sente-se, Maxsuz. Será preciso foco e calma para isso. – Assim o garoto o fez.

Marulin protestou.

— Isso é mesmo importante? Não podemos deixar para outro momento?

Hollowl e Maxsuz se olharam e o primeiro respondeu.

— Eu entendi a urgência da missão, Marulin. Ocorre que preciso armar o hizo com algo que vá além da espada que carrega, e a missão pode depender de um conhecimento que não foi contemplado em seus treinamentos anteriores.

Marulin acenou que sim com a cabeça e procurou conter a ansiedade. Maxsuz interessou-se pelo novo conhecimento.

— Tudo bem. O que devo fazer?

— Primeiramente, saque sua alkálipe e a deixe deitada à sua frente, como estou fazendo com a minha. – o eremita pôs seu grande machado entre os dois, para demonstrar.

— Certo! – por empolgação, Maxsuz se atrapalhou ao desembainhar a arma, mas conseguiu colocá-la diante de si. — E agora?

— Junte suas mãos, desta forma. – com os braços apoiados sobre as coxas, o Zul cruzou os dedos das mãos, criando uma concha virada para cima. — Feche os olhos... Respire fundo e... Sinta o que é apenas o seu natural manifestar-se. –

CAPÍTULO 10

seguindo cada um dos passos que ensinara, o machado de Hollowl começou a reluzir uma tonalidade branca agradável aos olhos.

— Inacreditável. – Marulin suspirou encantada.

— Saberemos qual é sua frequência arulal a partir da cor que brilhar em sua alkálipe. Vamos, tente. – no instante em que o alkaguírio experiente cessou sua meditação, o machado deixou de brilhar e voltou a ser apenas uma arma.

— Muito bem, vou tentar. Mas, afinal, o que é esse "natural" dentro de mim, a se manifestar? – o Argin questionou.

— Você saberá e verá que essa energia é como respirar: mesmo inconsciente, ela está ali, como uma parte indissociável da existência.

— Vamos ver no que isso dará. – seguindo as ordens do Zul metodicamente, Maxsuz iniciou sua meditação, enquanto os outros se mantinham em silêncio.

De início, nada sentiu dentro de si que não fosse uma crescente ansiedade. No entanto algo foi percebido, um sentimento dormente a despertar pouco a pouco. Um misto entre frustração e estresse, fúria e agonia aumentava a cada instante.

Maxsuz permitiu que esse encadeamento de sensações viesse e tomasse conta de sua mente, de seu coração. Sua expressão tornou-se pesada e tormentosa. Uma névoa escura começou a rodear a espada pálida. Ao lado, as expressões de Hollowl e Marulin estavam igualmente tensas.

Uma luz forte brilhou na mente de Maxsuz, dissipando os sentimentos negativos. A espada foi tomada por um súbito clarão. Marulin protegeu os olhos, enquanto Hollowl observava o objeto radiante sem piscar. Em instantes, os raios de luz perderam a intensidade. A jovem e o eremita mostraram-se aliviados.

Hollowl levantou-se, animado pela revelação.

— Excelente, Maxsuz. Você é um alkaguírio da luz como eu. Tinha certeza de que todos esses acontecimentos não poderiam ser mera coincidência, estávamos destinados a nos encontrar!

Incrédulo, Maxsuz abriu os olhos e viu a espada branca reluzindo brevemente, antes do brilho desaparecer por completo.

— Eu fiz isso?

— Sim. Sua alkálipe só responderia a você. Agora, podemos ir ao segundo passo.

— E qual seria? – o hizo ergueu-se também.

— Quero que tente manifestar sua árula para o combate. Será difícil, mas baseado no que vi até aqui, tenho certeza de que conseguirá. Afastem-se um pouco, por favor. – o Zul recolheu seu machado do chão e caminhou dez passos para longe dos adolescentes.

Marulin sentia-se curiosa e temerosa.

— Para combate?

— Exatamente. Como disse, alkaguírios são guerreiros. Utilizamos nossa árula principalmente para lutar. Maxsuz, o que quero que faça... – o mentor fez uma pausa dramática e segurou sua arma com as mãos. — É isso! – Hollowl deu um giro e um golpe do machado no ar com a lâmina da alkálipe, disparando um facho horizontal de luz, formando um raio de corte com um legro e meio de comprimento, que atravessou o ar até atingir uma árvore e dissipar.

A árvore, poucos instantes depois, tombou cortada em duas partes por onde atravessara a onda de energia disparada por Hollowl, que se voltou para os jovens, apoiando o longo cabo de seu Machado Zéfer no chão. Maxsuz e Marulin estavam boquiabertos.

O Zul explicou.

— Chama-se fyhrai, técnica perfeita para uma arma como a sua. Basta que concentre a árula na lâmina de sua espada e, no golpe, a libere.

— Acredito que ainda não disse, mas, além de hizo, acabo de ser nomeado o nauri de Métis. Mesmo assim, com o que sei agora, sinto que falta algo para que consiga uma façanha tão desafiante.

CAPÍTULO 10

— Hum, tem razão, estou pulando etapas. Perdoe-me. Nunca ensinei alguém e há tempos sigo sozinho. Muito bem. – o alkaguírio mais velho deixou sua alkálipe ao chão. — Tente isso, nauri. – aproximou suas mãos, simulando segurar uma esfera, e um orbe de luz surgiu entre as palmas. — Controle sua árula, que corre por todo o corpo. Com foco, poderá manipular sua energia vital, para que faça com ela o que desejar. Consiga primeiro projetar a própria árula de forma significativa para o exterior, sem a ajuda de sua alkálipe, e poderemos continuar.

— Imagino que não terei dificuldades para fazer isso, se já consegui manifestar minha árula através da alkálipe.

— De forma alguma. As alkálipes representam metade do poder de um alkaguírio, ajudam a canalizar e fortalecer nossa árula. Sem elas, o esforço para manifestar a energia seria muito maior, e várias técnicas se tornariam impossíveis. Nunca fique longe dela.

— Nesse caso, vejamos o que posso fazer. – agachado e preparado, sentiu-se pronto para iniciar o exercício.

Fechou os olhos e se concentrou no espaço esférico-energético entre as suas mãos. Trinta instantes se passaram e nada aconteceu, nem ao menos uma faísca. Maxsuz foi sincero com o mestre.

— Realmente não será tão simples quanto se mostrou o desafio anterior.

Por diversas vezes, o hizo tentou manifestar a mínima quantidade de árula entre os seus dedos. Nada acontecia a não ser exaustão e frustração.

— Continue tentando. É um requisito indispensável para a continuidade de seu treinamento. - Hollowl explicou, então olhando para a protegida. — E você, gostaria de tomar alguma coisa, senhorita Marulin?

— Um copo de água seria ótimo. Obrigada!

A estratégia de Hollowl não era uma simples gentileza à jovem. Visava dar privacidade ao hizo, aliviando a pressão de ser observado. Os dois foram para a cabana e Maxsuz continuou treinando, com a mente fervilhando e a determinação no olhar.

Preciso conseguir, tenho certeza de que isso está relacionado à energia sombria da criatura. Não posso falhar aqui ou falharei lá!

As passagens voaram até que, finalmente, com o suor escorrendo pela testa e as mãos trêmulas, uma faísca surgiu, desaparecendo quase tão rapidamente quanto fora invocada.

Cerrou os dentes, irritado e preocupado. Mesmo que fosse um avanço, sabia ser insuficiente, tinha noção de que o tempo urgia e o destino de seu pai Jonac, quiçá, dependeria de seu êxito.

O aoten se esvaiu e nenhum progresso fora feito após a ínfima fagulha surgir. Já às dezenove passagens, sem energia física ou mental para continuar, o hizo levantou-se da posição com as pernas dormentes por estarem há tanto tempo imóveis, e acordou Marulin, que cochilava reclinada a uma árvore próxima. Hollowl permanecia meditando sobre uma grande rocha na clareira, e notou a movimentação do rapaz que, na companhia de sua amiga recém-desperta, foi até ele.

O Argin explicou o insucesso ao anfitrião, sentindo-se derrotado.

— Estamos de partida. Sei que não evoluí praticamente nada hoje. Mas não temos mais tempo. O roten se aproxima e precisamos estar em Áderif para ajudar os moradores da mínima forma que for possível.

Marulin se sentia grata e, com um sorriso, demonstrou.

— Obrigada por tudo o que nos ensinou hoje, senhor Zul. É uma rotação que nunca esqueceremos.

O Zul respondeu com esperança no coração e sorriso consolador.

— Entendo como estão se sentindo. Creio que há uma solução. – o alkaguírio mais experiente desceu da pedra e se aproximou. — O que aflige seu povo é a manifestação de uma árula do espectro negativo: as trevas, nosso oposto.

CAPÍTULO 10

O hizo não pretendia desistir.

— O senhor nos autoriza a voltarmos assim que pudermos? Há uma grande jornada pela frente e sua ajuda será crucial.

— Certamente, nauri. Você tem muito o que aprender sobre o caminho do alkaguírio e serei aquele a ensiná-lo. Boa sorte!

Maxsuz e Marulin montaram nos fortes repranos Rigtiz e Virtus. Despediram-se do mestre Hollowl e partiram de volta para casa com diversos desafios no coração, sob a forma de missões: encontrar o monstro, quem sabe resgatar o hizar, zelar pelo povo de Métis e confortar a dor da hizara.

Apesar de jovens, sabiam que um destino repleto de provações os aguardava e não fugiriam de suas repentinas responsabilidades. Seratus testemunharia o êxito ou o fracasso desses caminhos...

A ESCURIDÃO RECAI

CAPÍTULO 11

Adentrando os portões de Áderif, Maxsuz e Marulin foram diretamente ao missário da cidade, onde a situação mantinha-se caótica. O hizo interpelou um dos missáris, que passava apressado pelos corredores.

— Por favor! Onde estão as vítimas do fogo negro?

O profissional, ofegante, respondeu sem esconder a verdade.

— Nos últimos quartos à esquerda, meu nauri. A considerar o estado em que se encontram, receio que não passem deste roten.

Maxsuz e Marulin ficaram pasmos com o que viram na ala dos enfermos. A pele dos pacientes seguia acinzentada. Os olhos, brancos e foscos, com uma expressão perdida, alheia ao presente. Além disso, a aparência dos pacientes piorava a cada menuz. No quarto, dois missáris se esforçavam sem saberem mais o que fazer para prolongar o curto tempo de vida das vítimas. Não tardou para que percebessem os adolescentes em choque, à porta do quarto.

— Perdoe-nos, meu hizo. Nós sequer entendemos o que está acontecendo às vítimas. Receio não haver mais esperança. – disse um deles, afastando-se em seguida.

Maxsuz abaixou a cabeça, pensou e se refez, assumindo uma expressão determinada.

— Talvez não haja mesmo esperança. Mas isso não me impedirá de tentar!

A protegida animou-se com a determinação.

— O que está pensando, Maxsuz?

— Reflita comigo, Marulin. Hollowl nos contou sobre as frequências arulais e seus opostos. Avaliando o cenário das nossas vítimas, percebo que o fogo sombrio não tinha o propósito de queimar e sim de envenenar. O que estou tentando explicar é que a minha frequência arulal é a da luz e se a frequência trevosa consegue intoxicar, então a luz deve purificar. Certo?

Ela acompanhou o raciocínio de seu amigo.

— Claro! Isso significa...

— ...Que se eu conseguir invocar os poderes recém-descobertos, quem sabe haverei de curá-los!

O olhar de ambos expressou a esperança contida na ideia. Sem perder tempo, Maxsuz virou-se para os profissionais.

— Missáris, por favor, levem os pacientes em suas macas ao jardim do missário, para que eu possa realizar um ritual.

Um dos profissionais questionou, cético.

— Um ritual? De que natureza?

O Argin precisou utilizar sua autoridade.

— Apenas obedeça! Não temos tempo para detalhes!

— Muito bem. Vou pedir ajuda e levaremos todos os pacientes ao jardim, o mais rápido o possível.

— Uma vez lá, coloque-os em círculo.

Pela emergência da situação, em poucos menuz todas as vítimas foram levadas ao jardim, nos fundos do edifício, formando o grande círculo solicitado. Maxsuz posicionou-se ao centro e sacou sua espada mística. Os missáris observavam inquietos, sem que fizessem ideia das intenções de seu nauri. Apesar da incerteza sobre o sucesso do que planejava, ele intuía que era o certo a ser feito.

CAPÍTULO 11

Empunhou sua espada com as duas mãos, fechou os olhos e inclinou a cabeça em posição de meditação, tentando despertar a árula, como Hollowl ensinara. Sua mente foi invadida por sentimentos malignos que ameaçavam acabar com a concentração. Vozes sinistras surgiam de todas as direções, sussurrando pensamentos tétricos.

Você não é capaz de salvar sua família.

Naurizinho fraco, impotente.

Você é só um menino brincando de ser homem responsável.

Você é uma vergonha para os inhaouls.

Deixe a escuridão entrar.

Sinta o seu poder.

Banhe-se no sangue dos fracos.

Destrua tudo!

Apesar da disputa mental em andamento, o semblante do hizo seguia inalterado e sua espada começava a irradiar uma luz oscilante. Dentre os que assistiam à cena, ninguém poderia imaginar, mas o grito interior do nauri, de tão forte, fez os seus braços e pernas tremerem.

Calem-se!

Os pensamentos seguiam.

Você tem sede por sangue.

Você quer matar.

Você precisa matar.

Mate o dákron!

Mate todos em seu caminho!

Maxsuz buscou resistir às provocações. Uma nova onda mais assertiva de pensamentos surgiu do seu interior.

Meus desejos de vingança são irrelevantes agora.

Não me perdoarei se fracassar neste instante.

Sua influência, eu sei o que é. A árula negra tenta me quebrar, mas o seu esforço é em vão, pois eu conseguirei.

Maxsuz soltou a alkálipe, que flutuou com uma aura branca constante, brilhando forte como Aliminnus. No mesmo instante, os feridos começaram a se contorcer e uma fumaça escura saiu da boca de um dos arqueiros atingidos pela criatura negra, partindo em direção à espada. Assim que a névoa enegrecida entrou em contato com a lâmina, a luz da espada se fundiu à fumaça, se tornando um intenso clarão vermelho.

O que está acontecendo? – pensou Marulin, tão tensa quanto os missáris.

Numa rajada de energia, sua mente se conectou à do arqueiro, onde o verdadeiro conflito começaria. A consciência de Maxsuz tomou a forma de seu corpo, e ele viu-se em um lugar escuro, silencioso. Ao longe, o alkaguírio enxergou uma luz fraca, quase se apagando. Ao se aproximar, percebeu que essa luz vinha de um homem agachado, que gemia e chorava baixinho.

Maxsuz deu um passo, sentiu seu corpo inteiro arder e subitamente caiu ofegante. Ficou sem saber se o que sentia era uma intensa onda de pensamentos que se misturavam à realidade, ou se experimentava a realidade que se misturava aos pensamentos. E assim, confuso, estava o nauri.

Mas o quê...? Esse é o poder da escuridão? – ele fez menção de sacar a espada, porém percebeu que a arma desaparecera. — *Se eu não ajudá-lo a tempo, ele provavelmente morrerá!*

O guerreiro tentou levantar-se, mas foi novamente atacado pela fúria da escuridão, retornando ao chão. Travava uma luta inglória entre suas porções consciente e inconsciente.

Como poderei lutar contra isso desarmado? Talvez a única opção seja utilizar o meu poder. – o alkaguírio contraiu os músculos e, com um grito de força, envolveu-se numa fina camada luminosa.

CAPÍTULO 11

Maxsuz conseguiu se erguer, sentindo as trevas que tentavam atacá-lo se desfazerem ao colidirem com o manto de luz. Esforçando-se para manter o foco e invocar sua energia, caminhou pelo campo sombrio, sentindo quase como se estivesse no fundo de um mar de escuridão. Por fim, alcançou o homem encolhido.

O nauri se agachou ao lado do arqueiro em prantos, e o confortou com um tom suave.

— Ei, senhor. Eu posso ajudá-lo. Segure a minha mão e o levarei para casa.

— Como posso me levantar, se o sofrimento é maior do que as minhas forças? – respondeu o homem, que continuou a lamentar. — As vozes... Elas não cessam... Gritam dentro de minha cabeça. Não aguento mais!

O soldado entrou em desespero, preso ao poder negro da fera.

O nauri intensificou o chamado à luz e pôs sua mão sobre os ombros do homem em sofrimento.

— Posso te livrar das vozes. Confie em mim!

A camada de luz que envolvia o alkaguírio encapsulou o arqueiro, calando de uma só vez as vozes sombrias que assombravam a mente do soldado, que celebrou o fim do cárcere de emoções.

— O quê...? Elas... Desapareceram. Estou livre. Estou livre!

Com um clarão vindo de Maxsuz, a escuridão foi consumida pela luz. No jardim do missário, o corpo do homem conectado a Maxsuz retomou a aparência saudável, ao mesmo tempo que deixou de se contrair e dormiu, como se estivesse liberado da exaustão. A conexão escarlate foi dissipada e a luz da espada retornou ao tom branco.

Um dos missáris perguntou a Marulin, espantado.

— Como ele fez isso?

Quem a conhecia, com certeza, confirmaria o orgulho nos olhos da menina, ao responder.

— Simplesmente incrível, não?

Maxsuz permanecia inconsciente. Os demais atingidos pelo fogo negro passaram a se contorcer com maior intensidade. Diferentemente do que acontecera ao primeiro arqueiro, dessa vez a energia negra emergiu ao mesmo tempo pela boca de cada ferido, formando uma grande massa energética que atingiu em cheio a alkálipe do nauri.

Ao abrir os olhos, Maxsuz se viu num lugar familiar, porém obscuro, como se estivesse ao centro de Áderif durante o roten, sem nenhum lampião aceso ou sinal de vida pelas ruas. Nem mesmo uma leve brisa soprava. Apenas os passos lentos e pesados do rapaz e sua respiração tensa poderiam ser ouvidos por toda a cidade, como o eco que reverbera numa sala vazia.

A luz de Reprezzia era a única que permitia qualquer mínima visibilidade.

O que está acontecendo? Parece ser mais outra manifestação da escuridão.

O nauri caminhou até a Fortaleza Silécia, aparentemente já reconstruída, mas tão deserta quanto o resto de Áderif. Foi até o pátio central, onde havia uma pessoa de costas para ele, também encolhida como o solitário arqueiro de antes. Em agonia, esse homem aparentava sussurrar para alguém. Maxsuz aproximou-se para repetir o que fizera pelo arqueiro e, dessa vez, sentiu uma pressão tenebrosa vinda do indivíduo nas trevas.

Com uma voz monstruosa, o vulto mandou um claro aviso ao hizo.

— Eu sei que você está aí.

Surpreso, Maxsuz recuou em um passo, sentindo-se intimidado.

— Quem é... Não, o que é você?

A criatura virou-se, apresentando o rosto tenebroso. Luzes rubras brilhavam nos olhos flamejantes e assustadores e na enorme boca, que revelava inúmeros dentes afiados.

Só quatro palavras foram pronunciadas.

— Sou a sua aniquilação!

CAPÍTULO 11

O Argin adotou postura defensiva, erguendo os braços em guarda. O corpo retesado pela iminência de um combate fazia com que as mãos vibrassem pela contração.

A criatura saltou como um relâmpago sobre o Argin, desferindo um soco com a grande mão feita de energia negra. O hizo quase conseguiu desviar, mas foi atingido no ombro de raspão. O poderoso golpe do ser acertou em cheio o chão, abrindo uma pequena cratera que absorveu a energia vinda do braço monstruoso. Maxsuz saltou para longe, enquanto avaliava o ferimento no ombro e se recompunha. Viu sua roupa rasgada, o sangue escorrendo, e decidiu se evadir para ganhar tempo.

O espectro viu o sangue no ombro do nauri, percebeu a pequena vitória e berrou, com um sorriso sádico.

— Não há como escapar, Maxsuz. Você encontrará a morte ainda neste roten!

O alkaguírio cruzou os corredores, fazendo uma curva para adentrar as muralhas do castelo, e foi forçado a parar bruscamente, ao ver a cena que se seguia. Himonoides negros surgiam pelas paredes, do chão ao teto, como sombras que ganhavam vida. Maxsuz virou para o outro lado e percebeu a mesma coisa acontecendo. Risadas dos monstros ecoavam pelos corredores.

Viu-se numa luta contra vários inimigos, sozinho. As criaturas avançaram contra ele, que apenas se esquivava. Uma delas tentou socá-lo, mas se evadiu e contragolpeou com o punho que atravessou o espectro, queimando sua mão como se a tivesse levado ao fogo. A criatura chutou o peito do hizo, lançando-o para trás, e o golpe também foi sentido como uma queimadura.

O alkaguírio contraiu os músculos, apertou os dentes e fechou os punhos. Com um grito longo, extraiu seu poder luminoso, mais uma vez envolvendo o corpo pela camada brilhante.

Um espectro investiu contra Maxsuz que, concentrado, desviou daquele punho que mirava seu rosto e atravessou o monstro com um soco ascendente na região em que seria o coração do himonoide. O inimigo desmanchou em uma névoa, cujas partículas restantes foram absorvidas como uma espécie de alimento energético pelas outras criaturas, que aumentaram levemente de tamanho.

Tal qual um pensamento dentro de outro, o nauri sondava suas chances. *Por acaso essas coisas ficarão mais fortes à medida que eu ceifar os seus afins? Nesse caso, quanto mais lutar, pior a situação será. Tenho que sair daqui!* – Maxsuz olhou ao redor e viu uma janela grande na parte mais alta da parede.

Sentindo o poder concentrar-se nas pernas, saltou alto o suficiente para alcançar e atravessar a janela. Do outro lado, sua queda foi amenizada pelos arbustos do jardim. A tentativa de escapar não passou despercebida e os espectros o seguiram com rapidez, atravessando a parede facilmente, como se não existisse.

Em desespero, o alkaguírio levantou-se arranhado pelos galhos da vegetação. Partiu em desabalada corrida para fora do jardim, disposto a alcançar o missário, ao centro da cidade. No entanto outro monstro emergiu da terra bem à sua frente e socou seu rosto de baixo para cima, levando brutalmente o nauri ao chão.

O oponente deu uma sombria gargalhada e agarrou o garoto inconsciente pelo cabelo, erguendo-o à altura da criatura. O hizo despertou, estendendo o braço na direção do inimigo. Um breve e intenso clarão emanou da palma de sua mão e destruiu o ser sombrio. Maxsuz foi ao chão, atordoado. Notou os outros espectros se aproximarem e absorverem o poder do semelhante derrotado, e percebeu que tinha pouco tempo. Levantou-se o mais rápido que pôde.

Pela primeira vez, reparou em outro detalhe. Os remanescentes, embora mais fortes e poderosos, ficavam mais lentos.

CAPÍTULO 11

Numa rápida associação entre o seu eu interior e o mundo externo, uma ideia surgiu e o guerreiro decidiu retomar a corrida.

Tenho que chegar ao missário. Minha alkálipe só pode estar lá.

O nauri sentiu fortíssima dor no ombro que ainda sangrava pelo golpe anterior, apoiou-se na perna direita, e pressionou com a mão esquerda o ferimento para que pudesse prosseguir.

Mantendo o foco, resistiu à dor excruciante e continuou o caminho em máxima velocidade, enquanto as macabras gargalhadas dos himonoides ecoavam pela cidade, perseguindo-o. Mas o Argin tinha prometido a si mesmo que, enquanto o seu coração pulsasse, não desistiria...

NAS TREVAS

CAPÍTULO 12

A jornada não foi, sequer de longe, fácil. Mesmo assim, Maxsuz conseguiu chegar à entrada do missário, onde se deparou com janelas quebradas, portas arrombadas e lixo por todos os lados. Não muito depois, contudo, os espectros a persegui-lo se aproximavam do prédio, trazendo consigo uma aterrorizante pressão no ar.

O pensamento do rapaz, enquanto corria, seguia voltado para a arma.

— Se minha alkálipe não estiver no jardim, o que será de mim?

A entrada do jardim podia ser vista ao fim do corredor. Poucos legros antes de alcançá-la, o tronco de um dos himonoides surgiu da parede à esquerda de Maxsuz e o atingiu de surpresa com um soco ascendente no queixo, enquanto o nauri se virava, desprevenido, para confrontar o inimigo. O ataque foi tão poderoso que lançou o hizo através da parede, para dentro do jardim. Deitado ao chão de costas para cima, cuspindo sangue, sabia que estava bastante ferido e se sentiu prestes a desmaiar.

Notando um brilho vindo à sua direita e se virando para a fonte da luz, Maxsuz percebeu que se tratava de sua espada, levitando exatamente no mesmo lugar em que a posicionara na versão comum do mundo.

Tão perto e, ao mesmo tempo, tão longe, reluzia a arma. Ferido no ombro e provavelmente com algumas costelas quebradas, Maxsuz lutava física e emocionalmente para manter a consciência.

— Eu... Preciso... Alcançar... Minha alkálipe... – o hizo rastejou na direção da espada, ciente de que não tardaria até ser apanhado pelo espectro.

Seus temores se concretizaram. O monstro que o atacara cruzou o buraco feito na parede e caminhou em direção ao hizo, que sentia a presença do inimigo se aproximando. Sua lâmina, única esperança a que se agarrava, estava mais próxima e continuou a usar os braços para se arrastar, com tanta força que sentiu os cotovelos em carne viva, pela fricção do esforço.

No exato momento em que o himonoide alcançou Maxsuz e se preparou para esmagar o crânio do guerreiro com o punho, o hizo empunhou o cabo de sua espada, virando-se rapidamente e decepando o braço do oponente. Em contato com o poder da alkálipe, os olhos do nauri estavam diferentes: as írises brilhavam em tom vermelho claro e as pupilas destacavam-se, verticais. A dor foi se transformando em fúria, como se toda a sua energia estivesse recuperada e ampliada.

Sentindo-se forte para continuar o ataque, ergueu-se e dividiu o inimigo ao meio com um corte. O monstro foi dissolvido e o solo absorveu a névoa que dele saiu.

Maxsuz acalmou-se um pouco e olhou para a espada, consciente de que suas forças alcançavam a máxima performance quando empunhava a alkálipe.

Monstros negros começaram a surgir do chão à frente do rapaz, todos em posição de combate.

O nauri sentia-se pronto como jamais estivera.

— Com a minha alkálipe em mãos, vocês não têm a menor chance. Podem vir quando e quantos quiserem!

Os espectros saíram completamente do solo, revelando uma altura de três legros. Dois deles investiram contra o hizo, ignorando a força e a agilidade do inimigo portador da alkálipe. O primeiro dos himonoides sentiu a força da espada atravessar-lhe o abdômen. Já o outro, antes mesmo que

CAPÍTULO 12

pudesse desferir seu golpe, viu o fim de sua vida diante da lâmina brilhante que o partiu ao meio.

Outras três criaturas atacaram com socos e chutes em direção ao alkaguírio ainda agachado, que usou sua agilidade, saltando alto para desviar-se dos golpes, enquanto, de forma giratória, decepava de uma só vez a cabeça dos inimigos.

Levantou-se certo da vitória, quando percebeu a quantidade massiva de energia vinda dos mortos em direção ao último monstro, que cresceu à altura de uma árvore do jardim. O nauri olhou para o alto e calculou que o monstro atingira uns dez legros de altura.

Pasmo, contemplou cada detalhe do último espectro apavorante e grotesco, que atacou o hizo com o punho enorme e trevoso. Maxsuz revidou com a espada luminosa, esperando o mesmo resultado dos inimigos anteriores. No entanto a mão que o atacava se transformou em uma substância líquida e venenosa, que foi envolvendo e queimando seu corpo inteiro. Queria gritar, mas a substância só fazia entrar cada vez mais em seu organismo.

Em desespero reativo, o poder do alkaguírio extravasou por todo o corpo em um só instante, explodindo a mão do monstro e libertando o rapaz da morte certa por envenenamento.

Maxsuz caiu no gramado ressecado do jardim, ofegante. A criatura conseguiu conter a energia luminosa a consumi-la, cortando o próprio braço danificado.

O hizo sentia os efeitos do veneno que entrou no corpo através da pele, lentamente corrompendo-o. Segurou a alkálipe e a usou de apoio para levantar-se com dificuldade. O monstro não hesitou em chutá-lo lateralmente, lançando-o através dos arbustos e das árvores.

O golpe fez Maxsuz rolar pelo chão várias vezes até ficar imóvel, com o abdômen para cima, braços e pernas abertos. Mesmo assim, não soltara a lâmina da mão esquerda.

A batalha extenuante deixou marcas. Todos os ossos de seu corpo pareciam quebrados e erguer-se era um tormento. Pela roupa rasgada em diversos combates, via-se o sangue das feridas. Os olhos do nauri se apagaram, assim como a luz da alkálipe, tal qual uma chama que se esvai.

A vibração dos passos pesados do colosso era a única coisa que o rapaz ainda conseguia sentir. Não demorou e o gigante o alcançou, posicionando-se à sua frente, levantando uma das enormes pernas sobre o hizo, para esmagá-lo.

Impiedosa, a criatura o atacou. Em meio ao cansaço e ao perigo, lembrou-se de todos por quem lutava: o hizar e a hizara, Marulin, Halts, os soldados que agonizavam vitimados pelo veneno das sombras, as famílias desesperadas, enfim, por toda Métis.

Na velocidade de um piscar, os olhos de Maxsuz retomaram o vermelho-claro radiante e as pupilas verticais. Estendeu o braço direito para cima e gritou em fúria. A palma de sua mão se tornou brilhante como uma fogueira, forte o bastante para suportar toda a força aplicada no golpe do colosso. Soltou outro bravo grito de batalha, ergueu a alkálipe e perfurou a sola do pé do espectro. A luz emitida pela ponta da espada foi tamanha que cortou toda a perna da criatura em duas partes.

Sem equilíbrio, o espectro despencou para o lado e o barulho do grande impacto poderia ser ouvido ao longe. Mesmo em suas difíceis condições físicas, o Argin já estava de pé outra vez. Deu um terceiro grito de ataque, saltou sobre o ser e lhe cortou o pescoço, fazendo com que a energia luminosa alcançasse a cabeça do monstro e o dissolvesse pelo poder da luz, até que não restasse nada da criatura.

O guerreiro sorriu, aliviado por ver o perigo imediato desaparecer. No entanto o estresse chegara ao limite. O seu corpo entrou em colapso e só não caiu porque apoiou-se nas últimas forças das pernas. O sangue escorria pelas várias feridas. Sua respiração estava curta e ofegante. Mas uma voz dentro dele sussurrava:

CAPÍTULO 12

Falta ainda um... O principal... Eu... Não posso... Parar agora!

Um derradeiro esforço movido por sua vontade inabalável fez Maxsuz se reerguer. Naquele mundo de escuridão, começou a caminhada de volta à Fortaleza Silécia, com um pensamento:

Um passo de cada vez. Hei de conseguir. Por Métis, por meus pais, por meu irmão, por Marulin, por todos...

Adentrou a fortaleza. A preocupação que lhe afligira o coração agora alcançava o auge. As paredes, diferentes do que viu da primeira vez, estavam contorcidas em espirais, formando um só túnel. Os corredores haviam desaparecido por completo.

Mais uma vez, Maxsuz chegou ao pátio principal. A criatura que procurava parecia não estar mais por ali. Entretanto, ao olhar para a torre central, percebeu a pressão sombria e não demorou a ouvir lá de cima a sinistra gargalhada. O monstro de trevas se desprendeu e caiu no meio do pátio, em frente ao guerreiro.

Com o peso da criatura trevosa firmada ao chão, uma cratera surgiu debaixo de cada pata, jogando poeira para todos os lados. Maxsuz protegeu os olhos com o braço direito e tão logo a nuvem de sujeira assentou, voltou a focar no monstro.

A criatura de três legros de altura possuía asas unidas aos braços, uma longa cauda e uma aparência aterrorizante.

Maxsuz descobriu que o gigante não apenas falava, como sabia ser sarcástico.

— Você sobreviveu. Mas é claro. Um alkaguírio não seria derrotado por seres tão simplórios.

Esgotado, o inhaoul foi ao chão, apoiando-se na perna esquerda e no braço direito. Os ferimentos da batalha anterior ainda o mantinham muito próximo do colapso físico. Sua respiração continuava ofegante, de modo que só o fato de resistir à dor já drenava boa parte de sua energia.

O ser descomunal voltou a falar.

— Mesmo que tenha sobrevivido, você usou toda sua força e agora é um alvo fácil. Realmente acredita que tem qualquer chance de vencer? – e, então, lançou um golpe horizontal com sua pata esquerda.

Antes de ser atingido, o guerreiro levantou-se e desferiu um corte que atingiu em cheio a asa, decepando a função alada da indomável criatura, que urrou de dor, recuando dois passos.

O hizo sorriu, voltando a se apoiar pelas pernas e pelos braços doloridos.

— Você caiu na armadilha. Eu esperava o seu ataque despreocupado para cortar suas asinhas.

O monstro parou de gritar assim que Maxsuz falou e, com tranquilidade, ostentou seu novo braço, regenerado em poucos instantes bem diante de seus olhos. Vendo a expressão do Argin mudar da confiança ao espanto, o ser retomou sua sinistra gargalhada. Em seguida, usou sua voz monstruosa que mais parecia um rugido para desafiar o hizo.

— Sua resistência é inútil. Mas se ainda insiste, será um prazer destruí-lo! – antes que o alkaguírio pudesse entender a situação, recebeu um ataque-surpresa pela cauda do inimigo, lançando-o em alta velocidade. O hizo rolou pelo chão do pátio central.

Deitado de costas na grama, tentou usar os braços ao máximo para se reerguer, mas foi novamente esmagado pela cauda do monstro, em um ataque. Após mais dois golpes similares, a criatura o agarrou pela gola e o levantou à altura de seu rosto. O nauri estava quase desfalecido. Quem o visse naquele estado, diria que a morte o rondava.

CAPÍTULO 12

O brilho de ódio nos olhos da besta não deixava dúvidas sobre o fim que desejava impor ao seu inimigo.

— Morra! – o gigante soltou o Argin para acertá-lo no ar com uma poderosa pancada de sua pata diretamente no peito.

O hizo foi arremessado contra uma das paredes do castelo e a atravessou, desaparecendo em meio aos tijolos e entulhos. Do outro lado da realidade, onde estava seu corpo físico, o inhaoul tossiu forte, cuspiu sangue, e sua cabeça caiu para frente.

— Maxsuz! - Marulin correu desesperadamente até ele, limpando o sangue que escorria dos lábios do jovem com a manga de sua roupa.

O oponente gargalhava de forma sombria e o tenebroso eco de seus gritos corria longe. Evidentemente, sentia que tudo havia acabado e vencera.

O hizo permanecia vivo, mesmo sem forças para mover-se. A derrota dele parecia clara e inevitável. Pensava sobre tudo o que acontecera nas últimas rotações até aquele momento. Lembrou-se que, morrendo ali, nunca poderia vingar seu pai, apaziguar o coração de sua mãe e salvar Métis. Não poderia sequer proteger seu povo, a quem jurou lealdade de guardião.

Não... Não posso me permitir morrer aqui. Não vou me permitir desistir... – refletiu, notando o seu corpo calmamente se iluminar por inteiro.

O monstro, tão focado em sua comemoração, nem percebeu o fraco brilho que vinha dos tijolos onde seu oponente se encontrava. Após trinta instantes, um clarão emanou dos entulhos e, de repente, a pilha de tijolos explodiu para todos os lados, junto com um grito de bravura que ecoou por toda aquela dimensão sombria.

A criatura negra, assustada, voltou sua atenção à fonte de luz e percebeu o alkaguírio reluzindo em energia.

O guerreiro estava de volta, com a íris avermelhada e as pupilas verticais. Apesar dos estragos na roupa e da aparência desgrenhada, suas feridas estavam todas curadas. Levantou a espada com as duas mãos, posicionando o cabo próximo da orelha esquerda. A alkálipe foi envolvida por uma intensa camada de energia luminosa. Os dentes do hizo se apertaram pela fúria e se sentia pronto para tudo. Encarou o inimigo com a garra de um predador a dar o bote na presa.

O alkaguírio bradou, determinado.

— Estou pronto para acabar com você. Venha e encontre sua destruição na ponta de minha espada!

A fera negra investiu contra o inhaoul, disposta a desferir o golpe fatal. Sua fala, que aparentava um rugido, ecoou distante.

— Seu verme maldito, morra de uma vez!

Inabalável, o jovem manteve sua postura e esperou o momento certo. O monstro alcançou o vão da parede no pátio central e levantou uma das garras para o ataque final.

Dizem que no olho do furacão há uma breve calmaria. Assim aconteceu com Maxsuz que, uma fração de instante antes de receber o golpe, pensou no aprendizado do generoso professor.

Eis o momento. Hollowl, essa é para você.

— Fyhrai! - o inhaoul desferiu um golpe em pleno ar, lançando um grande corte de energia branca que atravessou o adversário de lado a lado.

A besta cessou o ataque imediatamente e recuou alguns passos, em silêncio. A ferida deixada pelo corte luminoso começou a espalhar energia por dentro do inimigo, tal qual um incêndio. As partes divididas do monstro pelo fyhrai caíram, uma para cada lado, enquanto urrava de dor e sofrimento.

O oponente quedou, desintegrado pelo poder radiante. Maxsuz, no limite, desmaiou. Toda sua força restante fora drenada pela técnica recém-utilizada para vencer a besta.

CAPÍTULO 12

A batalha no subconsciente do Argin estava concluída. Os tempos de trevas ganhavam um pouco mais de luz. O destino e a sobrevivência de Métis recebiam boas doses de esperança...

A JORNADA COMEÇA

CAPÍTULO 13

Maxsuz lentamente abriu os olhos e se deparou com todas as pessoas que padeciam em coma e, agora, se levantavam dos leitos, como se acordassem de um longo sono. Os sintomas desapareceram e não havia vestígio de veneno no corpo restaurado dos pacientes.

— Maxsuz... – balbuciou Marulin, preocupada com o estado de saúde do amigo.

O jovem virou-se para a protegida, esboçando um sorriso reconfortante. Ao tentar se levantar, caiu de bruços, exausto. A espada parou de brilhar e tombou.

Marulin chamou os missáris.

— Ajudem, por favor. Ele está muito fraco!

Maxsuz foi erguido e levado a um leito de cuidados intensivos do missário, para que pudesse descansar melhor. A jovem o acompanhou pelos corredores e permaneceu sentada em uma poltrona ao seu lado, com o semblante tenso.

Após algumas passagens, o garoto abriu os olhos e viu a amiga dormindo com os braços e o rosto sobre o leito, ao lado dele. Sorriu, sentindo-se alegre pela preocupação de Marulin. Com cuidado, levantou-se e procurou a espada pelo quarto.

Seus pensamentos voltavam à ordem.

Agora compreendo o que Hollowl quis dizer. Minha alkálipe só responde a mim. Ninguém mais poderia empunhá-la a não ser eu. Não é à toa que Marulin e Barno não conseguiam segurá-la. Preciso buscá-la.

— Maxsuz. Já está recuperado? – Marulin acordou com o barulho.

— Não queria perturbar o seu sono. Estou me sentindo um pouco enjoado, mas preciso recuperar a alkálipe, que ficou no jardim.

— O que aconteceu lá fora? Você sangrou muito enquanto meditava, como se estivesse sendo ferido, mesmo que nada estivesse a atacá-lo fisicamente.

— Tive a impressão de que batalhei em minha mente contra as manifestações da toxina presente no corpo de todas aquelas pessoas. Confesso que até para mim foi um pouco confuso, mas, sim, fui gravemente ferido no conflito e, de alguma forma, isso se estendeu ao meu corpo físico. O que realmente importa é que a teoria estava correta. Minha árula foi capaz de deter a escuridão que aos poucos matava todos aqueles pacientes.

Marulin segurou sua mão.

— E realmente sente-se bem? Como pode estar de pé, se há poucas passagens sangrava pela boca?

— Em minha mente, pressionado pelo inimigo, acabei por desenvolver vigorosas habilidades, como se tivesse liberado meu potencial oculto. Uma dessas habilidades foi a regeneração das feridas, com minha árula.

Maxsuz continuou a explicar.

— Com isso, fui capaz de derrotar a escuridão e me recuperar em poucas passagens. Os efeitos em meu corpo verdadeiro foram menores, se comparados ao que senti em meu avatar, na mente.

Marulin mostrou surpresa e alegria em sua expressão e tom de voz.

— Incrível. Não só conseguiu curar todas aquelas pessoas, como se curou?

CAPÍTULO 13

— Foi o que me pareceu. Fiquei com a impressão, também, de que esse tipo de técnica drena bastante energia, por isso não devo abusar de seu poder durante os combates.

Maxsuz ergueu a mão esquerda e cerrou o punho. Refletiu sobre suas novas habilidades e a jornada que se aproximava.

— Com esses poderes, tenho certeza de que poderei enfrentar o grande desafio que temos pela frente.

Marulin assentiu com entusiasmo.

— Isso. Aquele monstro não terá chances contra a nossa dupla!

Maxsuz sorriu e acenou para a amiga, concordando. Com a esperança mais uma vez forte em seu interior, o nauri olhou longe.

— Pai, estou a caminho.

Marulin, em silêncio, admirava o novo brilho nos olhos do hizo. Ele lembrou que não buscara sua alkálipe.

— Bom, ainda preciso pegar minha espada. Vem comigo para a próxima jornada ou prefere voltar a dormir?

A protegida sorriu e ironizou.

— Bobinho, é claro que vou, nem precisava perguntar.

Maxsuz devolveu o sorriso. Sentia-se bem por estar ao lado da amiga outra vez.

Partiram mais uma vez em direção ao jardim do missário. A alkálipe permanecia onde caíra. Recolhida sem dificuldade, a arma voltou à bainha do alkaguírio.

— Antes de partirmos, quero ver minha mãe.

Marulin concordou e perguntou.

— Entendo. E não acha que deveríamos esperar até Aliminnus nascer, para seguirmos viagem?

— Tem razão. Está decidido!

Ainda no missário, chegou ao quarto de sua mãe, que já dormia. Maxsuz deu um beijo na bochecha de Ali, antes de deixar o cômodo e fechar a porta.

Maxsuz retornou ao quarto onde se recuperara. Ao entrar, percebeu que Marulin estava deitada no único leito.

— O que aconteceu? Não trouxeram a segunda cama?

Marulin sentou-se para conversar melhor.

— Eu pedi, mas me disseram que as poucas restantes estavam ocupadas, pois o ataque destruiu cômodos e móveis.

— De fato, muitas pessoas foram atingidas de uma forma ou de outra.

Marulin olhou para o amigo e propôs.

— Podemos compartilhar. Acho que nós dois cabemos nesta cama.

— Não. Eu não seria um hizo digno se não pudesse oferecer o máximo de conforto a uma mulher. Não precisa se preocupar comigo. Durmo na poltrona. – e começou a caminhar em direção ao assento.

— Maxsuz... – ela ficou sem palavras por um momento, e completou com um sorriso terno. — Certo. Vou respeitar sua honradez.

— Durma bem, Marulin. Teremos uma longa rotação pela frente. – ele sorriu e se acomodou na poltrona.

— Você também. Nossa aventura só começou. – ela deitou-se na cama e se virou para o outro lado.

O hizo não viu, mas a expressão da garota mudou da alegria para a frustração.

O alkaguírio foi acordado às sete passagens de treze de Jol por uma missári apressada.

CAPÍTULO 13

— Alteza, perdoe-me perturbá-lo. Todos o aguardam na saída do missário para uma celebração.

— Celebração?

— Para agradecê-lo. Afinal, o senhor foi o responsável por salvar todos os atingidos pelo fogo negro. Embora os missáris presentes não tenham entendido o que fez para curá-los, o fato é que estão completamente saudáveis.

— Não há necessidade de me lisonjear. Não fui herói, só fiz o meu trabalho como hizo e nauri de Métis, protegendo a vida de meus cidadãos.

A missári insistiu.

— Aceite o justo reconhecimento, meu nauri.

— Bom, se estão me esperando, não vou frustrá-los. – levantou-se da poltrona e percebeu que sua amiga não se encontrava no quarto.

Ao alcançar a saída do missário, avistou mais de cem pessoas aplaudindo. Dentre as quais, pelo menos trinta foram salvas do fogo negro, enquanto a maioria era composta por amigos e familiares. Alguns até choravam de contentamento, vinham até o Argin agradecê-lo e cumprimentá-lo. No meio da multidão, Marulin observava com orgulho e alegria o povo saudando seu hizo.

Um dos soldados, antes em coma, bradou, animado.

— Eis o nosso herói, saudemos o nauri protetor de Métis, Maxsuz Argin. Prosperidade a ele e sua linhagem!

Os presentes se ajoelharam em frente ao hizo, mostrando respeito. Maxsuz não esperava essa demonstração de gratidão, principalmente naquele momento difícil pelo qual passava em razão da perda de seu pai. Seu coração foi preenchido, aliviando em parte sua grande agonia. A hizara Ali surgiu de dentro do missário, caminhando a passos curtos até o filho.

— Mãe, como é bom vê-la! – Maxsuz abraçou a Vol como se não a encontrasse há muito tempo.

— Meu filho, já se tornando um homem. Eu não poderia estar mais orgulhosa de você.

— Mãe, tenho tanta coisa a contar...

A hizara respondeu com sabedoria.

— Eu adoraria ouvir em detalhes as suas empreitadas, filho, mas entendo que você tem uma missão mais importante no momento, e o tempo para realizá-la é curto.

— A senhora está certa, é o que vou fazer... Custe o que custar.

Aos poucos, a aglomeração se desfez, sobrando Marulin e Ali próximas ao nauri.

— Gostaria que pudessem ficar, minhas crianças, mas não seria uma boa mãe ou hizara se retardasse a partida de vocês. Todos nós de Áderif estamos sofrendo pela perda de Jonac. Se ainda houver uma chance de encontrar o seu corpo, ou quem sabe até o hizar vivo, acredito que você, meu filho, é a única pessoa capaz.

— Farei de tudo para encontrá-lo, mãe!

Ali Vol sorriu e se virou para a jovem.

— Marulin, cuide dele e o impeça de fazer qualquer bobagem. Você é uma moça inteligente, forte e astuta. Os dois farão um par perfeito nesta jornada. – os adolescentes sorriram, envergonhados. — Estou recuperada e ficarei em Áderif com seu irmão, para reerguermos a cidade e acalmarmos o nosso povo, protegendo-o como pudermos. O caminho à frente será repleto de obstáculos que exigirão o melhor de vocês. Principalmente disso... – a nobre tocou a testa do Argin. — E disso. – ela então tocou o peito da garota, mostrando que a mente de Maxsuz e o coração de Marulin fariam grandes conquistas juntos. — Boa viagem, meus queridos. Eu amo vocês! – a senhora abraçou-os.

— Adeus, mãe. – o hizo correspondeu amorosamente ao abraço, embora triste por ter que deixar sua progenitora.

CAPÍTULO 13

— Adeus, Ali. – a jovem fez o mesmo.

Maxsuz e Marulin deixaram o missário, comeram algo e providenciaram alimento para os seus repranos Rigtiz e Virtus. Com as provisões devidamente amarradas, partiram outra vez para a Floresta Anderina.

Subindo uma colina, olharam para a bela região litorânea de Áderif. Com a vista privilegiada lá do alto, vislumbraram a cidade e a Fortaleza Silécia, assim como o oceano a brilhar suas águas azuis com a luz de Aliminnus. Seria a última vez que veriam a capital por muito tempo, e ambos sabiam dessa inevitável realidade.

— Adeus... Meu lar... – o Argin suspirou.

— Tchau, querida Áderif... – a garota se despediu.

Por volta das dez passagens, encontraram a cabana de Hollowl e constataram um agradável aroma no ar. Olharam pela janela e lá estava o anfitrião, assando um roedor com algumas frutas em seu pequeno forno.

Ele percebeu a proximidade dos recém-chegados utilizando o seu sexto sentido de alkaguírio e, sem a necessidade de virar-se para a dupla, fez o convite.

— Entrem.

Um pouco surpresos, caminharam até a porta de entrada da cabana e a abriram.

Ainda sem olhar para os convidados, o Zul ofereceu a iguaria.

— Não necessito de comida. Faço mais porque aprecio o prazer do preparo, o cheiro e o sabor da caça. Vocês estão com fome?

Maxsuz respondeu.

— Apenas um pouco de sede, mas não posso recusar um assado tão cheiroso. E você, Marulin?

— Eu também aceito um pedacinho.

O Zul retirou o prato do forno com a própria mão, sem preocupar-se com a alta temperatura, e levou o assado até a mesa, sentando junto aos jovens. — Afinal, conseguiu resolver os problemas que o atormentavam? – perguntou o homem, olhando para o Argin.

— Em partes. É exatamente por isso que retornamos. Consegui derrotar as trevas que vitimaram nossos cidadãos atingidos pelo fogo negro, lutando contra sua manifestação em minha mente. O processo todo foi estranho. A boa notícia é que essa batalha interior permitiu que despertasse muito do meu poder oculto.

Hollowl ficou curioso.

— Poder oculto? Conte-me em detalhes.

— Consegui manifestar minha árula de forma externa com estranha facilidade, assim como descobri que sou capaz de curar feridas com ela. O mais importante de tudo isso: consegui realizar o fyhrai que havia me mostrado ontem.

— O quê? – o Zul, que servia um pedaço do assado aos jovens, deixou cair os talheres, de tão espantado.

Maxsuz e Marulin perceberam os olhos arregalados de Hollowl. Foi o hizo quem perguntou.

— O que aconteceu, eu disse algo de errado?

Hollowl revelou o motivo de sua surpresa.

— Você não deveria ser capaz de aprender tanto em tão pouco tempo. Nunca vi algo assim antes.

O Zul continuou o raciocínio, caminhando pela sala com as mãos cruzadas atrás das costas.

CAPÍTULO 13

— Talvez... Tenha sido possível liberar seu potencial oculto tão rapidamente graças ao fato de a batalha ter acontecido em seu interior.

Maxsuz fez a pergunta que mantinha no íntimo desde o combate.

— Além disso, uma voz sombria me disse "mate o 'dákron'", mas não sei o que significa. Esse nome diz algo a você?

Hollowl respondeu, pensativo.

— Dákron... Sim, a criatura que atacou Áderif, de acordo com sua descrição, é um dákron.

Marulin refletiu.

— Nunca ouvi esse nome antes. O que é um dákron, Hollowl?

O Zul compartilhou seu conhecimento.

— Dákrons são criaturas magníficas e poderosas, como puderam presenciar. Controlam e exploram suas frequências arulais como nós, alkaguírios. Não eram vistos há tanto tempo que a história se esqueceu deles. Agora, parecem ter retornado e isso me preocupa.

— A considerar que são poderosas e têm frequências arulais como nós, tenho alguma chance de derrotar um deles?

— Não. Seria impossível vencer um dákron com o nível de progressão arual que você atualmente possui. Ainda será preciso desenvolver suas habilidades e sua força.

O nauri colocou a mão nos lábios, pensativo.

— Por mais que esse seja o caso, não posso ficar aqui apenas treinando. Tenho que encontrar meu pai, vivo ou morto. Quanto mais tempo parado em um lugar, menor será a chance de alcançar o objetivo.

— Eu não esperava que fosse querer ficar por aqui. Sua missão é muito nobre para ser ignorada. Por isso, vou presentear você com algo que poderá ajudar na jornada. Por favor, agora que já acabaram de comer, me acompanhem até o lado de fora da cabana. – o anfitrião abriu a porta de entrada, gentilmente esperando que os dois passassem primeiro.

Na clareira, o Zul se afastou um pouco. Usando dois dedos, o indicador e o polegar, assoviou e foi possível escutar o eco à distância. Maxsuz e Marulin estavam curiosos. Meio menuz se passou em silêncio, até que uma ave de rapina azul-cinzenta surgiu imponente no céu. A gigantesca envergadura de suas asas encantou os jovens, que apreciavam aquela beleza sem medida. A ave foi se preparando para aterrissar. Do chão, era possível escutar o alto farfalhar de suas asas. Pousou sobre o braço direito de Hollowl, estendido à altura do ombro. Trazia em seu bico um ovo.

— Este é Agnar, meu companheiro de muitos ciclos.

Marulin reconheceu a espécie, maravilhada diante de tão majestoso ser.

— Um fenérius? Incrível. É umas das aves mais difíceis de se encontrar! O hizo questionou.

— Como, exatamente, Agnar poderá nos ajudar?

— Essas criaturas vivem dezenas de ciclos e têm altíssima capacidade de regeneração e rastreamento. Quando um de seus ovos se quebra, o fenérius consegue localizá-lo em qualquer parte do continente. Além disso, é capaz até de reconstruir o ovo destruído. Há poucos de sua espécie, então essa é uma maneira de garantir as novas gerações, como se conseguissem trazê-los de volta das cinzas. Darei a vocês um desses ovos. Quando estiverem em grande perigo, poderão esmagá-lo, e o fenérius me mostrará o caminho até vocês.

Maxsuz ficou por entender como se daria a linha do tempo.

— Impressionante. Uma dúvida: mesmo que Agnar mostre o caminho, dependendo de onde estejamos, você não demorará várias rotações para nos alcançar?

— Não se preocupem com isso. Estarei lá, com brevidade, caso precisem de mim. Eu juro.

CAPÍTULO 13

Os jovens se olharam, confusos e curiosos. Agradeceram e se prepararam. A jornada os esperava e o próprio Zul instigou a partida.

— Agora vão. Sua aventura os aguarda. Lembre-se, Maxsuz: pratique o seu controle arulal, tanto com, quanto sem a sua alkálipe, para que possa realizar, com naturalidade no mundo real, as mesmas técnicas que aprendeu em seu subconsciente. Desenvolva sua árula e se torne um verdadeiro alkaguírio. No entanto peço que, caso encontre o dákron que procura, não hesite em me chamar antes de agir. Se fizer tudo o que eu disse, as chances de salvarem o hizar serão muito maiores.

Os jovens demonstraram mais uma vez sua gratidão, despediram-se do Zul e partiram sem rumo exato, mas determinados ao êxito. Quem visse de longe os dois viajantes, não supunha que toda Métis dependia, como disse a hizara, do coração e da mente dessa corajosa e jovem dupla.

Hollowl observou os adolescentes desaparecerem na Floresta Anderina, prevendo o que estava por vir.

Seja lá o que estiver acontecendo, é apenas o começo...

ENTRE BRASAS

CAPÍTULO 14

Uma rotação se passou. Seguiam a rota em direção ao sul de Métis, ainda sem objetivo estabelecido, o que deixava Marulin incomodada.

A inquietude levou-a ao questionamento.

— Não seria melhor se soubéssemos aonde estamos indo?

Maxsuz foi curto na resposta.

— Já tenho algo em mente.

— Por que não me disse ainda?

— Porque não sei se vai gostar da ideia.

— Ainda assim, é melhor contar agora do que me surpreender depois.

O Argin suspirou e se virou para a garota a segui-lo no reprano Virtus.

— Estamos indo para Icend.

Icend era a capital de Frêniste. País ao extremo sul de Seratus, com temperaturas, em média, muito baixas. A maior parte de seu território era coberta por neve, e somente na região ao norte, se verificava vegetação significativa.

A cidade encontrava-se ao centro do país, na cadeia de montanhas de Lodero. Seriam ainda muitas rotações, ou talvez até um centiroten para chegar, atravessando o deserto de neve de Winz, entre a taiga ao norte e as montanhas ao centro.

— De todos os lugares, por que Icend?

— É o local mais importante do sul de Akasir. Acredito que a primeira coisa que temos de fazer é visitar as capitais de Frêniste e, depois, Blazo, buscando qualquer informação sobre o dákron.

— Muito bem, faz sentido. Se ainda não temos pista alguma, precisaremos explorar Akasir em busca de qualquer informação que possa nos ajudar.

— Não se preocupe. Cruzaremos algumas vilas antes de chegarmos ao deserto de neve. Poderemos nos equipar para o frio, quando for necessário.

— Bom, já que você parece ter tudo planejado, vamos em frente.

Alguns menuz após as onze passagens da rotação quatorze de Jol, adentraram uma clareira entre as árvores e, finalmente, chegaram à pequena vila de Osa, pacata e simples, com aglomerados de construções de madeira, seguindo uma vasta rua de lama que atravessava o vilarejo.

— Aí está, Marulin, nossa primeira parada. Acho que, pelo menos, podemos descansar um pouco e alimentar nossos repranos. Precisa de alguma coisa?

— Não necessito de nada especial, mas concordo sobre a parada. Nem que seja apenas para tomar água, poderíamos ficar por aqui um tempo.

Seguiram até o dag mais próximo e prenderam Rigtiz e Virtus do lado de fora pelas rédeas, logo em frente a um tanque de água disposto a saciar a sede de repranos. Maxsuz e Marulin sentaram-se nos bancos altos em frente ao balcão e esperaram. O balconista apareceu dos fundos do estabelecimento e, percebendo os clientes que aguardavam, foi com rapidez até eles.

CAPÍTULO 14

— Bem-vindos ao Dag de Osa. Meu nome é Holdar, sou o dono. Nunca vi vocês por aqui, então imagino que sejam de fora. Em que posso ajudar? – e bebeu água de um copo que trazia em sua mão.

— Boa rotação, senhor Holdar. Meu nome é Maxsuz Argin, segundo hizo, primeiro de meu nome e nauri do exército de Métis. – a proclamação do alkaguírio fez com que o balconista se engasgasse com água e a cuspisse atrás do balcão.

— Um hizo em meu dag. Quanta honra!

— Não se preocupe com o meu título. Trate-me como receberia qualquer cliente. Essa é Marulin, minha amiga, e a protegida da família Argin.

— Muito prazer, senhor Holdar.

— Esta é a maior honra que eu poderia ter. Peçam o que quiserem e tentarei providenciar o mais rápido possível! – o homem estava claramente empolgado.

— Eu havia dito para me tratar como um cliente qualquer. – o jovem sorriu. — Mas como está tão feliz com nossa presença, pode nos mimar um pouco. Precisamos de suco para cada um e alguma comida para os repranos que descansam do lado de fora. Estamos em viagem, não ficaremos muito tempo.

Em seguida, o balconista surgiu trazendo dois copos de suco das frutas da região.

— Espero que aprovei...

O profissional não teve a chance de terminar a frase. Um estrondo poderoso veio das proximidades, algo como um trovão ou uma explosão, junto com um tremor que fez Holdar derrubar os copos e ligou dois alertas; um na mente do guerreiro, outro no coração de Marulin.

— O que terá sido isso? – Maxsuz perguntou, apreensivo.

— Parece que algo explodiu lá fora! – a jovem suspeitou, angustiada.

— Fique aqui, Holdar. Nós lidaremos com o problema. Vamos, Marulin! – os dois correram para fora do dag.

O cenário era de caos e pavor. Boa parte das construções vinha sendo completamente destruída por um incêndio e as pessoas corriam para todas as direções. Os repranos, em pânico, tentavam desvencilhar-se das rédeas. Uma grande nuvem de fumaça negra subia do meio da estrada de lama, duzentos legros à frente.

Preocupado com os habitantes, o alkaguírio disparou em direção à nuvem negra, com sua companheira logo atrás. Parava as pessoas na rua e perguntava o que acontecera, mas não lhe davam atenção, focadas que estavam em escapar das chamas, salvar os parentes e os pertences.

A fumaça começava a atrapalhar a respiração à medida que se aproximavam da fonte de todo o desastre. Perceberam, então, que se abrira uma grande cratera.

— O que pode ter causado isso? – Marulin questionou, protegendo nariz e boca com a manga da camisa.

— Eu vi o que aconteceu aqui! – disse o cidadão de uns cinquenta ciclos, desesperado, com o rosto todo cheio de cinzas.

— Pois então, diga, homem! – pediu Maxsuz.

— Não sei ao certo o que era. Parecia uma rocha em chamas vinda dos céus!

— Dos céus? Não. Talvez tenha vindo dos morros ao norte, de alguma forma, mas com certeza não caiu do Vácuo. Poderia ser então... – o hizo adotou um semblante preocupado.

— Ajudem-me a encontrar minha sobrinha, por favor! Nossa casa desmoronou e não consigo achá-la!

— Mostre o caminho. – disse Marulin, já decidida.

Em pânico, o senhor apontou para os escombros a poucos legros da praça. Não dava para acreditar que, instantes atrás, existia ali uma moradia. Os jovens se aproximaram e começaram a revirar as tábuas, procurando por qualquer sinal da criança, sem sucesso.

CAPÍTULO 14

Lembrando-se do conselho de Hollowl para desenvolver sua árula, como última tentativa, Maxsuz concentrou-se e iluminou a palma de sua mão, colocando-a sobre os entulhos. Em instantes, começou a sentir as batidas no coração da garota soterrada. Foi até o ponto em que os sinais cardíacos estavam logo abaixo e, com rapidez, começou a jogar as tábuas para o lado.

— Marulin, ajude-me aqui!

Com a ajuda, conseguiram resgatar a criança, inconsciente, mas sem risco de morrer. Cuidadosamente, Marulin segurou a pequena e a devolveu ao desesperado tio.

— Minha querida!

Nos braços, a sobrinha. Em seus olhos, as lágrimas. Virando-se para a dupla, o senhor demonstrou o sentimento.

— Muito, muito obrigado!

O hizo precisou ser firme.

—Rápido, não há tempo para agradecimentos, afastem-se das chamas e da fumaça, a respiração está cada vez...

Maxsuz interrompeu o que dizia. Outro tremor sacudiu o chão abaixo de seus pés. Seguido do tremor, um estrondoso rugido ecoou no interior da cratera, deixando todos paralisados por um instante.

— Fujam daqui agora, fiquem longe! – gritou o nauri para o homem e Marulin, enquanto desembainhava sua alkálipe.

A jovem, em protesto, sacou o sabre.

— Eu vim porque desejo lutar ao seu lado, mesmo que seja até a morte!

Outro rugido mais alto e assustador que o primeiro causou pânico em toda a vila.

Maxsuz concordou com a cabeça e gritou para os que estavam próximos.

— Saiam daqui. Esse lugar não é seguro!

Um vulto se moveu com lentidão, por trás da cortina de cinzas. A fumaça se dissipou e, aos poucos, a nuvem negra revelou a criatura de rocha incandescente e lava, na forma de um leohand, saltando do outro lado da cratera, para um ponto em que ficava próximo dos jovens.

— Mas... O que é... Isso? – o alkaguírio e sua amiga estavam chocados. Nunca tinham visto um leohand como aquele antes.

A besta não hesitou e saltou sobre o Argin, derrubando-o e tentando mordê-lo. Mesmo caído, Maxsuz usou sua alkálipe como proteção, segurando-a com as duas mãos e refreando o ataque do monstro. Marulin, em uma reação rápida, cravou seu sabre nas costas da criatura, que se contorceu, soltando um urro de dor.

Maxsuz aproveitou a contorção da besta e penetrou a espada em seu pescoço. A fera tremeu e caiu para o lado. A moça se aproximou, aflita, e ajudou o amigo a se levantar.

— Você está bem? Achei que não conseguiria agir a tempo.

— Nunca vi nada parecido em toda minha vida. Obrigado por me salvar!

— Eu disse. Estarei sempre ao seu lado nesta jornada. – a jovem sorriu.

Os dois olharam para a criatura caída.

— O que era essa coisa?

— Eu não faço ide... – a garota respondia, quando, de repente, o leohand de pedra começou a se mover novamente.

Sentindo o perigo imediato, o nauri retomou a posição de defesa, empunhou a espada e alertou, desesperado.

— Marulin, cuidado!

O monstro levantou-se como um raio e usou a cauda para atingir a protegida, lançando-a dois legros para trás. Em seguida, rugindo de forma assustadora, a criatura virou-se para Maxsuz assim que o ouviu gritar de pânico diante da amiga golpeada.

CAPÍTULO 14

— Maruliiiiiin!

Vendo a amiga caída, colocou a mão no peito em sofrimento, quando teve uma completa e súbita mudança de emoções. Como da outra vez, as íris tornaram-se vermelho-claro luminescentes e suas pupilas adotaram formas verticais. A alkálipe reluziu, alcançando o intenso tom branco que outrora salvara a vida do nauri.

— Seu desgraçado! – o Argin partiu furioso para o combate.

A criatura investiu contra Maxsuz que, em resposta, pôs sua espada de forma horizontal, prendendo-a entre os dentes rochosos do inimigo. O leohand continuou a avançar, arrastando-o de pé pelo chão, até entrar em uma construção ainda em chamas, atravessando com facilidade a parede de madeira carbonizada.

Maxsuz bradou, pronto para o tudo ou nada.

— Pode vir, seu maldito! Vou te matar aqui e agora!

O guerreiro arrancou a espada da boca da besta, ferindo-a, e continuou o ataque com um corte no olho esquerdo da criatura.

O monstro recuou para fora da construção, desaparecendo do campo de visão do hizo. Logo que saiu do prédio em chamas para perseguir a criatura, Maxsuz escutou o estrondo da edificação que desmoronava, dragada pelo fogo. Mais alguns instantes e o hizo teria ficado debaixo dos escombros.

Disparando outro ataque-surpresa, o leohand cuspiu porções de lava, atingindo o peito do guerreiro. Nem mesmo a excelente gambição preparada pelos melhores tecelões de Métis foi suficiente para evitar a perfuração. A lava rompeu a blindagem e provocou graves queimaduras em sua pele. Maxsuz foi ao chão, contorcendo-se e gritando de dor, enquanto era queimado.

Rolando pela lama úmida, Maxsuz conseguiu esfriar as queimaduras. No entanto sua pele já estava severamente ferida. A criatura rugiu, procurando alcançá-lo e matá-lo, mas a quantidade de lava que ela havia disparado fez com que o seu corpo se tornasse mais frio e menos ágil.

Em sua mente, passou uma rápida visão de tudo o que vivera até ali. Lembrou-se até mesmo de ter ouvido, certa vez, que isso acontece quando se está prestes a morrer. Corajoso e bem treinado, não temia a morte, mas tinha medo de deixar a mãe, Marulin e Métis sem proteção. Receava deixar a hizara sem uma resposta a respeito de Jonac.

— Eu... Não posso... Morrer assim. – murmurou, sem saber ao certo se sobreviveria.

A besta estava próxima de chegar ao guerreiro e matá-lo, quando Marulin surgiu por trás do leohand de pedra e, com seu sabre, decepou a cauda da besta, que urrou de dor e se virou, preparada para enfrentar a nova oponente. Enquanto isso, aos poucos, Maxsuz envolvia seu corpo por uma fina camada luminosa.

O monstro investiu contra Marulin. Com a agilidade da fera reduzida, a garota foi capaz de se esquivar e golpeá-la com um corte, embora a lâmina tenha apenas riscado a rocha de seu corpo.

Maxsuz tinha suas feridas gradativamente curadas pela camada luminosa de árula ao seu redor. Levantou-se, utilizando de apoio a alkálipe. Marulin ganhava tempo e mantinha o enfraquecido leohand bastante ocupado, ainda que não tivesse como matá-lo sozinha.

A besta atingiu a garota com uma patada no peito, jogando-a para o lado mais uma vez.

Restabelecido, o Argin chamou a criatura, antes que ela saltasse sobre Marulin.

— Ei, seu pedaço de lixo. Venha aqui, o seu oponente agora sou eu!

As graves feridas, com os poderes do hizo, foram reduzidas a hematomas e queimaduras leves. O alkaguírio estava posicionado para o combate,

CAPÍTULO 14

esperando o ataque do leohand de pedra com um foco tão forte no oponente, que toda a sua visão periférica era apenas um borrão.

O leohand rugiu furioso e avançou. O alkaguírio lançou um fyhrai vertical de dois legros e meio de altura que clareou tudo, atravessando a criatura de rocha ao meio, no momento em que ela corria em sua direção. Antes da besta alcançar o hizo, suas metades se separaram, desviando a trajetória e passando pelo rapaz, tombando em seguida.

— Está acabado. – o Argin suspirou, ofegante, enquanto embainhava sua alkálipe.

Caminhou até a companheira, agachando-se para ajudá-la a se levantar.

— Você está bem? Consegue ficar de pé?

— Estou bem, a dor vai passar. – informou Marulin, feliz pelo fim daquela batalha tempestuosa, erguendo-se com o auxílio de seu amigo.

No entanto o alkaguírio desfaleceu. Tentou apoiar-se nas pernas, mas não encontrou forças. O hizo caía para trás e Marulin o segurou, para que o amigo não batesse a cabeça. Cinzas saíam de sua pele, enquanto os olhos retomavam o tom castanho escuro.

— Maxsuz! Maxsuz! – desesperada, segurava a cabeça do amigo, que perdia a consciência. Marulin tentava, inutilmente, despertá-lo.

Aos ouvidos do nauri que desmaiava, a voz dela foi se tornando um murmúrio incompreensível. Sua visão foi escurecendo pouco a pouco, até a treva total.

— Maxsuz, fale comigo!

Os chamados da amiga desapareceram por completo.

Em meio à fumaça e ao fogo combatido pelos corajosos cidadãos da vila de Osa, diante de tantas casas destruídas, num instante de desespero, Marulin temia por si e pelo companheiro inconsciente em seus braços.

Sentiu falta dos bons conselhos de Jonac, o hizar, e ficou a refletir se haveria naquela pequena vila um missári que pudesse examinar o nauri de Métis.

INCERTO

CAPÍTULO 15

Era um lugar vazio, desolado, com ares de infinito, como se não houvesse começo, meio e fim. O silêncio dominava o ambiente. O chão emitia uma luz branca e fraca, como brasa em último estágio antes de se tornar cinzas. Fora isso, a escuridão mostrava-se aterradora. O solo assemelhava-se a uma areia fina. O ar, ausente. Não se sentia uma brisa, por mais leve que fosse. A gravidade parecia não permitir que qualquer coisa se movesse.

— Onde... Estou...? O que está... Acontecendo?

Maxsuz estava de pé, aparentemente saudável e vestido, no meio desse mundo infinito e estranho.

Uma voz ecoou por todo o vazio, parecendo até que vinha de dentro do Argin.

— Faz muito tempo que não recebo alguém em meu mundo.

— O quê? Onde você está? – perguntou, confuso.

— Estou aqui. – novamente a voz ecoou por todos os cantos e mesmo nas profundezas da mente do guerreiro, o que tornava impossível precisar sua localização.

O jovem girava e olhava para todos os lados, procurando qualquer coisa naquele deserto de areia luminosa, enquanto a frase continuava a ecoar.

As vozes se concentraram atrás do rapaz até se tornarem três, um pouco distantes, falando uma logo após a outra.

O hizo virou-se rapidamente para a origem das vozes, vendo dois grandes olhos completamente rubros, em que se destacavam apenas as enormes e estreitas pupilas verticais.

Maxsuz sentiu o medo crescer, tal qual uma pressão parecida com a que sentira na batalha contra o espectro em sua mente, mas dessa vez em uma intensidade quase destruidora, deixando a sensação de que a menor aproximação daquele ser o mataria.

— Um jovem... E um que nunca senti... Então há uma nova geração de alkaguírios...

— Q-Quem é você...? – Maxsuz mal conseguia falar.

— Ainda jovem, com poder único... Não me admira que consiga se conectar a mim, mesmo quando ainda estou tão distante...

— Do que está falando? Quem é você?

— Seu potencial é o maior que já vi em um ser da sua raça. Mas ainda não faz nem ideia do que possui ou do que é capaz...

— Eu...

— Você... Maxsuz Argin. Veremo-nos novamente... Quando for apropriado... Por agora, seu desenvolvimento como alkaguírio prosseguirá...

— Espere, ainda não respondeu quem é... – Maxsuz tentou questionar, porém tudo se tornou negro e silencioso.

O Argin abriu os olhos em seguida, mas dessa vez estava deitado em uma tenda improvisada, onde vários feridos eram atendidos. A luz de Aliminnus mal alcançava a entrada. Reparou que havia uma toalha molhada em sua têmpora e um fino lençol sobre o seu corpo. Ainda imóvel, sentiu lábios quentes tocando os seus, umedecidos por lágrimas que escorriam dos olhos de quem o beijava. Era um beijo duradouro e melancólico. Seriam os lábios de Marulin? De olhos fechados que estava, a menina não percebeu que Maxsuz despertara. Ao notar os olhos

CAPÍTULO 15

abertos do rapaz, envergonhada, afastou-se rapidamente, secando as lágrimas com as mangas de sua roupa.

— Marulin... Você... - o hizo levantou o tronco e a toalha caiu em sua cintura.

— Maxsuz, você acordou! - a protegida da família hizária o abraçou forte e sua expressão, antes amargurada, mudava para feliz e aliviada.

O nauri de Métis demorou a entender onde estava, como chegou e por quanto tempo ficou desacordado. Em relação ao beijo que Marulin lhe dera, sentia-se confuso, sem a certeza se aquilo realmente aconteceu ou se alucinava, enfermo. Em meio a pensamentos desordenados, o homem por eles ajudado, que teve a sobrinha salva, entrou na barraca, segurando uma cesta de frutas.

— Ah, você acordou. Ótimo! Tomem, comam isso. - pediu o homem, entregando uma fruta a cada jovem.

A consciência do alkaguírio retornava aos poucos.

— Muito obrigado, senhor...

— Nabu. - o nativo afirmou com um sorriso. — Descansem mais um pouco. - completou, saindo da barraca em seguida.

Marulin comia a fruta, quieta, e procurava evitar o olhar do rapaz ao seu lado que, por sua vez, mirava incessantemente a garota com o canto esquerdo dos olhos, ainda pensando se o beijo teria sido fruto da imaginação.

O comportamento arredio de Marulin começava a denunciar a verdade do que acontecera.

Nabu logo voltou com umas roupas velhas, dobradas em suas mãos.

— Trouxe essas roupas de meu falecido filho, um viajante como você. Por isso, lembrou-me dele e de sua vontade de ajudar as pessoas. As suas roupas anteriores ficaram destruídas e achei que seria apropriado você receber uma nova vestimenta. Espero que sirvam. – disse o gentil Nabu, entregando as peças para o hizo.

A jovem agradeceu e mostrou sua compreensão.

— Obrigada, e sinto muito por seu filho.

— Está tudo bem. Já faz muitos ciclos que ele nos deixou.

Maxsuz também reconheceu o gesto.

— Senhor Nabu, sou muito grato. Espero recompensá-lo de alguma forma.

— Você já fez isso, ao encontrar minha sobrinha, salvando a vida dela e toda a vila daquele monstro. Realmente, foi uma postura digna de alguém nobre como o nosso hizo.

— Pelo jeito, Holdar contou a todo mundo quem somos. – o garoto sorriu com a situação.

— Precisamente, inclusive Holdar comentou que estão em viagem. Só não sabemos o porquê ou para onde vão, nem ousaríamos questionar a família do hizar sobre os seus assuntos.

— Não preciso continuar mantendo sigilo. – o semblante do hizo se tornou sério. — Seria até bom que tivessem conhecimento da situação: Áderif foi atacada por uma antiga criatura alada conhecida como dákron, que destruiu parte da Fortaleza Silécia e sequestrou meu pai. Não sabemos se Jonac está vivo. Diga a todos que estou atrás do dákron que arrebatou o hizar. Pretendo salvar o meu pai e matar a criatura. Se a virem, fujam, escondam-se, pois nunca poderão combatê-la. Apenas garantam que Áderif seja informada.

Nabu ficou apavorado com as revelações.

— Certamente, alteza. Alertarei a todos no momento correto. Sinto muito por seu pai e espero que dê tudo certo!

— Obrigado. Agora, acho que seria bom se vocês dois dessem um espaçozinho, para que eu me vista.

CAPÍTULO 15

— Claro, senhor. – Nabu pediu licença e deixou a tenda.

Marulin também saiu, cruzando olhares com Maxsuz, ao passar pela saída. Sozinho, vestiu a camisa de manga comprida por baixo, um sobretudo com capuz, uma calça de tecido grosso e o par de botas de couro. Sentia-se revigorado, grato pelas vestes e preparado para a continuidade da viagem.

Ao sair, encontrou uma cena que o tocou profundamente. Todos os cidadãos nas ruas, carregando pedras, removendo escombros, enfim, ajudando-se uns aos outros na reconstrução da vila. Após tantas lutas, Maxsuz sentiu-se feliz em presenciar aquela atitude, que para ele era como uma mensagem de esperança. Mesmo com o incêndio recente, aquelas pessoas tinham a chance de recomeçar em busca de uma vida feliz.

A julgar pela luminosidade, calculou que já deveriam ser dezoito passagens daquela rotação. Marulin, que vestia uma roupa mais adequada ao frio, e Nabu, acompanhado por alguns outros habitantes do local, retornaram. Guiavam os repranos dos viajantes pelas rédeas.

— Embora não tenham demonstrado de forma mais eloquente, toda a vila é muito grata por seus esforços. – Nabu comentou.

Sorridente e humilde, Maxsuz respondeu.

— Não se preocupem. Entendo perfeitamente. O momento é de trabalho e união para a reconstrução dos estragos. Infelizmente não posso ficar um pouco mais para ajudá-los. A vida do hizar permanece em perigo e o tempo, nesse caso, é nosso inimigo.

— Obrigada pela hospitalidade e pelos generosos cuidados que teve conosco quando precisamos, Nabu. – a moça agradeceu.

— Obrigado a vocês dois, por salvarem minha sobrinha e a vila de Osa. Uma boa viagem a vocês, alteza. Que encontrem o que procuram o mais cedo possível. – o nativo ajoelhou-se em reverência, seguido dos outros moradores do vilarejo que o acompanhavam.

Os jovens montaram nos repranos Rigtiz e Virtus, despediram-se do povo de Osa com acenos e sorrisos. Então retomaram a desafiante jornada para Frêniste.

O MAR BRANCO

CAPÍTULO 16

Seis rotações se passaram e a este ponto da viagem, a vegetação já tinha se transformado em taiga. O tempo estava nublado e frio. Eram aproximadamente vinte passagens de vinte de Jol quando os jovens chegaram à fronteira entre Métis e Frêniste.

A construção de tijolos se destacava com uma chaminé de oito legros emanando fumaça. Havia maior movimentação de viajantes indo e vindo, que também faziam uma parada naquele estabelecimento de paredes vermelhas.

Seguiram para a edificação, conduziram os repranos ao celeiro e entraram. O interior era animado, com várias pessoas às mesas bebendo, comendo e conversando. O fogo de uma grande lareira espalhava fumaça pela chaminé vista de fora, tornando a temperatura da instalação agradável.

Tirando os casacos e os segurando nos braços, os inhaouls caminharam até o balcão.

— Por favor, estamos em busca de informação. – o alkaguírio pediu ao funcionário que servia os clientes.

— Pois não? De que tipo de informação necessitam?

— Estamos indo para Icend e gostaríamos de saber se há um caminho estabelecido pelo deserto Winz. – Marulin explicou.

— Pelo deserto de Winz? Não. Não há. Uma estrada por lá seria coberta por neve na mesma rotação. Mas há uma forma de saberem em qual direção seguir.

Icend é aquecida por uma gigantesca fonte de calor que pode ser vista do deserto, exceto durante as tempestades. Parecerá um ponto laranja luminoso no horizonte. Se seguirem na direção da luz, chegarão a Icend sem se perderem pelo caminho.

Maxsuz respondeu.

— Um ponto luminoso laranja no horizonte... Bom, já que agora sabemos como seguir, precisamos abastecer os suprimentos de viagem. Imagino que vendam os itens que os viajantes necessitam, não?

— Exatamente. Temos quartos para descanso, comida e bebida. É claro que tudo isso tem um preço, mas se puderem pagar, terão o que quiserem.

— Não podemos perder muito tempo. Quanto custará?

— Vinte e cinco serins, senhor. Os funcionários da fronteira prepararão todos os suprimentos necessários para chegarem até Icend, e eu pedirei que tragam uma refeição para o ligamento.

Maxsuz retirou as moedas metálicas de seu rústico bornal preso ao cinto e entregou-as ao atendente, dizendo onde esperariam. — Vamos ficar em uma das mesas.

— Sem problemas, senhor. Fiquem à vontade. – o homem guardou o dinheiro na gaveta de moedas, agradeceu e foi para os fundos do estabelecimento.

Sentaram em uma mesa próxima à lareira para se aquecerem um pouco mais. Alguns menuz depois, o garçom, segurando uma bandeja, colocou sobre a mesa dois pratos com carne de eriptys assado e salada, seguido de copos cheios de ytrival.

Alimentaram-se com gosto. Há tempos, não viam uma refeição farta como aquela. Ao terminarem o jantar, foram acompanhados por três homens que carregaram suprimentos e os prenderam nos repranos Rigtiz e Virtus. Preparados e com as montarias alimentadas, os viajantes retomaram a jornada rumo ao extremo sul de Seratus.

CAPÍTULO 16

Algumas rotações se passaram desde que deixaram Métis. Reprezzia dominava o Vácuo, o que facilitava a visão dos viajantes a respeito da luz alaranjada no horizonte distante. Tinham adentrado o deserto branco há um bom tempo e a neve caía com suavidade. Passaram por várias colinas e depressões, o que deixava a viagem mais demorada.

— Vamos parar um pouco. Já andamos bastante, os repranos estão exaustos. – sugeriu Marulin, bocejando.

Maxsuz não ousou discordar.

— Eu já estava quase caindo de sono.

Prepararam alimentação e descanso para Rigtiz e Virtus, montaram uma tenda, pegaram lenha guardada e acenderam uma fogueira à frente do abrigo. O hizo se mostrava bastante inquieto no interior da tenda e, mesmo tentando disfarçar, não parava de se pegar olhando de relance para a companheira, lembrando das coisas estranhas que aconteceram, o beijo, as lágrimas...

— Marulin. – claramente constrangido, tentou usar um tom despreocupado.

— Hum? Diga. – ela olhou de lado, enquanto se preparava para deitar.

— É que... Bem... Sobre o que aconteceu lá em Osa... – Maxsuz tentou olhar para alguma outra coisa, tirando o próprio casaco para parecer que não estava completamente focado na conversa.

— Osa? Foi uma árdua batalha, mas conseguimos derrotar aquele monstro e salvar a vila. Seus poderes como alkaguírio se desenvolveram muito desde a primeira vez que se manifestaram, ao lado de Hollowl.

— Sim. Isso tudo é verdade, mas eu queria falar sobre outra... – o Argin foi interrompido por uma alta bocejada de Marulin.

— Conversamos mais amanhã, pode ser? Não estou mais aguentando o sono.

— Ah, claro. Conversamos amanhã... – colocou sua alkálipe ao lado e se deitou. Mesmo de olhos fechados, longos menuz se passaram até que acalmasse sua inquietação e caísse no sono.

⚜

Em vinte e sete de Jol, Maxsuz acordou disposto e faminto. Sentou-se rapidamente na esteira de pano onde dormia e olhou para o lado. Marulin não estava no abrigo.

O nauri escutou o uivo do vento do lado de fora. Preparou-se, saiu e deu de cara com uma violenta nevasca que apagara a fogueira. Os repranos, ainda deitados, mantinham-se próximos um do outro, procurando conservar o calor.

Um pouco à direita, viu Marulin tentando olhar para o horizonte. Com o braço, ela protegia os olhos do vento da nevasca, que deixava Aliminnus completamente desaparecida. Maxsuz andou até ela com certa dificuldade e parou ao seu lado. Falou alto, para que se fizesse ouvir naquela ventania.

— Não podemos continuar a viagem sem vermos a luz laranja que nos guia.

— Eu sei. Mas essa não é minha maior preocupação agora.

— O que quer dizer?

Marulin explicou os receios.

— Acordei com barulhos vindos debaixo da terra. Vim aqui fora, na tentativa de ver alguma coisa. Observe aquelas elevações. – a moça apontou para o chão mais à frente, onde havia duas trilhas salientes pela neve, como se algo tivesse passado por baixo, formando-as, e complementou. — Se ainda podem ser vistas, devem ser recentes.

CAPÍTULO 16

Maxsuz tornou-se apreensivo.

— Marulin! Volte para perto da tenda!

Assim que essas palavras foram pronunciadas, viram uma nova elevação que se formava e vinha na direção deles.

— Marulin, fuja. Agora! – o alkaguírio sacou a espada pálida e seus olhos se transformaram, do natural para o tom rubro, do formato normal das pupilas para o vertical.

Maxsuz estava pronto para o combate.

Um berro veio da entidade que se movia rápida debaixo da terra e, de repente, um cratório se desenterrou, preparando-se para atacar. A criatura investiu com força total contra Marulin, que estava paralisada de medo. Empurrando-a para o lado, Maxsuz conseguiu impedir que fosse ferida, ao mesmo tempo em que golpeou o dorso da fera com a espada.

O ataque fez a criatura recuar assustada e retornar à terra sem qualquer dano significativo.

— Não se desconcentre agora, Marulin! – o hizo repreendeu a amiga caída, ajudando-a a levantar.

— Perdão. Eu não consegui me mover rápido o suficiente.

— Mudança de planos. Vou precisar da sua ajuda! – ele afirmou, enquanto sua companheira desembainhava o sabre. — O cratório é uns dos animais mais perigosos de Akasir. O único ponto vulnerável que podemos atingir para matá-lo é o seu olho. Se falharmos, os dentes dele são capazes de destruir nossos braços. Alguém precisa distraí-lo para que o outro, de surpresa, consiga atingi-lo. Em um ataque direto, ele se defenderia, então esse é o único jeito!

Marulin concordou, acrescentando.

— Acho melhor você distrai-lo, já que é mais rápido e resistente do que eu.

— Entendido. Prepare-se!

Mal acabaram de conversar e o animal ressurgiu da terra. O cratório atacou o Argin, que se esquivou rolando. A besta continuou a persegui-lo.

Marulin observou atentamente os movimentos, tanto de Maxsuz quanto do inimigo, buscando o instante certo e a abertura para atacar. O nauri foi se aproximando e desviou de uma investida do cratório, que acabou por atingir o chão.

Concentrada, ela viu a oportunidade certa surgir. Logo que o animal retirou a cabeça da terra e procurou pelo Argin no campo de batalha, a protegida usou o sabre e furou seu único olho. A criatura, em uma fração de instante e por mero reflexo, tentou se proteger, mas era tarde demais. O sabre já lhe atravessara. A besta gritou de agonia e caiu para jamais se levantar outra vez.

O Argin elogiou, contente por mais uma vitória.

— Incrível, Marulin. Você acertou em cheio!

Por conta da adrenalina, Marulin não percebera o sangue a escorrer de seu braço, causado por um dos dentes afiados da fera em seu ataque fatal. Ofereceu ao amigo um sorriso de lamento, como se dissesse "ops", e quase caiu assim que sentiu a intensidade da dor aumentar, colocando a mão sobre a ferida.

— Marulin, Marulin! – gritou o hizo, aflito ao verificar o sangue da amiga tingir o tecido no braço esquerdo.

A dor era forte demais, tão intensa que Marulin largou o sabre, gemeu e deu uma orientação.

— Não há de ser nada. Verifique se o cratório está mesmo morto!

Apressado, o hizo correu até o corpo do animal caído e conferiu se a fenda gerada pelo golpe de Marulin ceifara o inimigo.

— Está morto! – confirmou, virando-se a tempo de vê-la perder as forças e quase cair. — Marulin! – correu até ela, dando-lhe apoio para que não fosse ao chão. — Isso é muito grave. Talvez tenha atingido uma artéria. Fique calma. Vou usar meus poderes para curá-la. – Maxsuz estava prestes a pôr a mão sobre a ferida, mas não haveria tempo para salvá-la agora.

CAPÍTULO 16

Um segundo cratório, ainda maior que o anterior, surgiu debaixo da neve. O hizo calculou que, pelo tamanho, provavelmente era o macho. O animal olhou para o outro cratório morto, voltou o seu estranho olho, dentro de sua boca, para os dois responsáveis e soltou um grunhido raivoso. O Argin pensou rápido, deitou sua companheira e se afastou para enfrentar a besta longe da moça ferida. O cratório investiu contra Maxsuz que, em um momento de concentração, lançou um fyhrai em direção à criatura. No entanto as placas de trinítio que revestem sua pele suportaram a técnica.

Foi a primeira vez que o hizo viu uma criatura suportar o fyhrai sem ao menos ficar ferida. Em revide, a besta golpeou com a cabeça de forma horizontal, arremessando-o ao chão. Enquanto se recuperava do ataque recebido, o cratório regressou ao solo.

Quando se deu conta, a criatura tinha desaparecido. Correu até Marulin, desesperado para protegê-la e outra vez foi surpreendido pelo animal que saía da terra. Atingido diretamente no queixo, caiu violentamente. Tossiu e sentiu o gosto de sangue na boca. Ao abrir os olhos, viu a cauda do cratório vinda de cima para esmagá-lo.

O guerreiro se preparou e colocou a alkálipe à frente, segurando-a com a mão esquerda no cabo e a direita, na lateral da lâmina. Então recebeu o violento ataque que o pressionou de costas contra o chão congelado. Utilizava toda sua força para segurar a cauda pesada e forte com a espada, mas a besta continuava empurrando para baixo, determinada a acabar com o oponente.

Quase no limite, com os olhos fechados, gritava para trazer o máximo de suas forças, quando a pressão sobre ele desapareceu. Ao tirar a espada de sua frente, percebeu que a cauda voltava para um novo ataque, mas reconheceu para si que não tinha mais energias para bloquear o golpe.

O cratório atingiu Maxsuz em cheio, esmagando-o contra o chão. Porém debaixo da cauda pôde-se ouvir o grito de fúria. O alkaguírio ressurgiu empurrando o animal para cima só com a força das mãos. Num impulso final, a cauda foi arremessada, derrubando a besta longe.

Enquanto a criatura se recuperava, o Argin se levantou do chão agora marcado com sua forma, e pegou a alkálipe mais uma vez. Sentia-se diferente, enraivecido. Seus olhos não brilhavam no tom vermelho-claro, mas num rubro vivo e escuro. Em vez da luz contornando-o, era uma névoa negra a envolvê-lo. Sua alkálipe, também emanando energia sombria, tinha suas gravuras brilhando em um vermelho forte.

A criatura ergueu-se, atordoada, e procurou seu rival. Quando o avistou, Maxsuz já corria em sua direção a toda velocidade, saltando para frente e soltando o seu grito furioso que ecoou tal qual um trovão. A energia a envolver sua alkálipe se estendeu pela lâmina e além, aumentando seu alcance, e o golpe certeiro alcançou o olho do cratório, atravessando-o violentamente. A besta se contorceu e caiu, morta.

A energia negra estendida retornou à sua forma original e desapareceu junto com a névoa escura a envolver o guerreiro. Seu estado de raiva acabou de forma súbita, e seus olhos reassumiram o tom claro.

Maxsuz correu ao encontro de Marulin, já inconsciente. Colocou sua mão direita sobre o ferimento, onde o sangue já congelava. Sua mão iluminou-se e o ferimento lentamente fechou.

Mesmo curada a ferida, Marulin continuava inconsciente. Sentindo o medo tomar conta de si, o Argin pôs os ouvidos no peito da jovem. Ficou feliz ao ouvir o coração batendo, embora fraco. Aliviado, ergueu a amiga e a carregou sobre os braços até o acampamento.

Acomodou a companheira de viagem no interior da tenda, colocando o próprio casaco sobre ela, para preservar e aumentar seu calor. Exausto

CAPÍTULO 16

após lutar com duas bestas gigantes, saiu da tenda, pegou a madeira que restava e a carregou para a fogueira. Seu corpo ainda castigado pelos combates recentes vez e outra falhava, fazendo-o cair na neve.

Sem desistir, recolheu todos os galhos novamente, ergueu-se e continuou a andar até a fogueira. Sua pele estava se tornando pálida, e poeira caía de seu corpo.

Com o resto de força que lhe restava, o alkaguírio friccionou dois galhos o mais rápido que pôde, tentando vencer a neve e o vento, quase a ponto de estirar os músculos. Finalmente, a fogueira foi acesa. Maxsuz tombou ao seu lado, e apagou...

OS KÁDOMA

CAPÍTULO 17

Maxsuz ainda estava inconsciente quando dois vultos surgiram da nevasca, atraídos pela luz da fogueira que se destacava na escuridão. À medida que se aproximavam, os vultos foram ganhando forma.

Eram um homem e uma mulher que olharam em volta, viram o guerreiro deitado ao lado do que restava da fogueira e correram até ele. Ao verificarem que estava vivo, o misterioso homem usou a voz para o acordar.

O hizo despertou alheio, sem entender ou enxergar direito, como se o corpo estivesse ali e a consciência, distante. Tudo o que Maxsuz pôde fazer foi apontar para a tenda onde a amiga convalescia, antes de apagar novamente.

O Argin acordou muitas passagens depois, em segurança, no interior da tenda, ao lado de Marulin. Desperta, a jovem tinha sob a cabeça uma pequena bolsa improvisada como travesseiro e estava imóvel, agasalhada por seu casaco, assim como o rapaz. Ela ouviu a movimentação do amigo e olhou lentamente para o lado, acompanhando com a cabeça, ainda pálida e fraca.

— Olá, Maxsuz. Como está se sentindo? – perguntou, enquanto o rapaz erguia o tronco com esforço para se levantar.

— Estou bem, mas o que realmente importa é como você está. Cheguei a temer que a perderia. – ele se aproximou e passou gentilmente as costas da mão direita na bochecha da jovem, para frente e para trás. — Você perdeu muito sangue, mas consegui curar sua ferida a tempo. Outro cratório maior que o primeiro surgiu e não deu trégua; tive que derrotá-lo sem a sua preciosa ajuda. Só depois disso, pude usar minhas últimas forças para cuidar de você.

Maxsuz respirou fundo e continuou.

— Como o derrotei, não tenho certeza. Minhas memórias daquele momento estão confusas. O importante é você estar a salvo.

Marulin explicou os acontecimentos.

— Sobre isso, duas pessoas nos encontraram e cuidaram de nós. Disseram que o encontraram apagado ao lado da fogueira que você deve ter acendido antes de desmaiar. Segundo eles, estava pálido, com cinzas na pele e ao redor de si. Além disso, essas cinzas não vinham da fogueira, mas de você, Maxsuz.

— O-O quê...? – o garoto ficou sem palavras.

Marulin continuou.

— Não fique tão surpreso. Isso também aconteceu em Osa, após ter derrotado o leohand de pedra. Você apagou, ficou pálido e cinzas caíram de seu corpo.

O hizo tentava aceitar e entender a verdade.

— Em ambas as ocasiões, senti que utilizei todas as minhas forças. Será que ao alcançar seu limite, um alkaguírio começa a se tornar cinzas? É a única explicação que me ocorre.

— Faz sentido. Pode ser isso.

O nauri levantou-se.

— Descanse, Marulin. Vou conhecer nossos salvadores. – e saiu da tenda.

A nevasca acabara. O céu brilhava azul-celeste e sem nuvens, deixando aquela região ainda mais bela. Pela posição de Aliminnus, parecia ser umas dezessete passagens. Ao lado, instalara-se outra tenda e sobre a fogueira que crepitava, um pequeno roedor era assado no espeto suspenso por duas bases metálicas, em cada extremidade. Os repranos dormiam próximos ao fogo, alimentados e calmos. Maxsuz notou sua espada, ainda embainhada no cinto, largada na neve.

CAPÍTULO 17

Foi até lá e vestiu o cinto. O barulho da fivela chamou a atenção dos donos da outra tenda, que saíram para ver quem era.

Tratava-se de um ferkal alto e parrudo, homem de aparentes 47 ciclos, vestido para a neve. Sua ligada, muito menor e ferkal como ele, tinha aproximadamente 42 ciclos, mais volumosa do que as mulheres comuns e vestida de forma adequada para o clima adverso.

O senhor caminhou até o rapaz e ofereceu sua mão para um cumprimento.

— Nada mal para um dengoso. Tenho que admitir, garoto. O fato de derrotarem sozinhos um ligamento de cratórios é impressionante. Vocês mereceram o nosso respeito e por isso os ajudamos.

— Dengoso?

— É como nós, ferkals, chamamos os inhaouls.

O hizo cumprimentou o estranho.

— Não vou tecer julgamentos sobre a questão do "dengoso". Falando de nós, nem sei como agradecer o que fizeram. Provavelmente teríamos morrido sem ajuda. Ainda que tenhamos derrotado o cratório fêmea, Marulin perdeu muito sangue e desfaleceu. Restou vencer o macho por conta própria, trazer Marulin de volta para a tenda e aquecê-la, antes que morresse. Cheguei a pensar que morreria mesmo.

O ferkal fez um sinal com a mão, pedindo para interrompê-lo.

— Desculpe-me perguntar, mas o que nos deixou curiosos foi de onde você tirou forças para vencer o segundo cratório sozinho.

O Argin sorriu e respondeu.

— Acreditem, a batalha com os cratórios não foi nada fácil. Honestamente, tudo foi tão complicado que me fez apagar de exaustão, de tal modo que até esqueci os detalhes. Agora que tudo passou, gostaria de saber o nome de nossos salvadores.

A mulher foi a primeira a se manifestar.

— Meu nome é Isis Kádoma. Você é cheio de surpresas, rapaz. Fez quase tudo por conta própria e arriscou a vida para salvar sua conectada. Realmente é um verdadeiro homem, por mais que seja um dos dengosos.

— E eu, garoto, sou Lírio Kádoma, o ligado de Isis.

— Serei eternamente grato a vocês, ligamento Kádoma. – o hizo curvou-se respeitosamente. — No entanto devo informar que Marulin e eu não somos conectados. Apenas amigos em uma desafiante jornada.

Isis o encarou, duvidando da veracidade da última frase dita.

— Eu não compro essa ideia, aposto que estão conectados. Do contrário, você tem fortes sentimentos por ela, pois ninguém iria tão longe, nem teria tanta força de vontade para tudo o que fez naquela nevasca, a menos que procurasse proteger a quem ama.

Lírio Kádoma balançou os ombros do Argin, de maneira brincalhona e amistosa.

— Entre ferkals e inhaouls, ou qualquer outra etnia, todos somos iguais quando se trata do amor. Eu sei que soa meloso, mas aprendemos isso em nossas várias viagens.

O rapaz ficou vermelho de constrangimento, rindo nervosamente. A Kádoma também tinha sua pergunta.

— Não se preocupe com isso. Tudo a seu tempo. A sua saudação foi elegante e digna de um nobre de Métis. Quem é você, exatamente?

Sem parecer rude, Maxsuz soltou a mão de Lírio e se apresentou de forma apropriada.

— Meu nome é Maxsuz Argin, segundo hizo de Métis e nauri do exército nacional. Marulin é a protegida do hizar, e minha amiga. Estamos a caminho de Icend para tratar de assuntos da mais alta urgência.

— O segundo hizo de Métis? Nauri nacional? Não me admira que seja um combatente tão formidável. Você foi criado para ser o

CAPÍTULO 17

maior guerreiro de seu país, para que tivesse a credibilidade de ordenar suas tropas.

O ferkal curvou-se, junto de sua ligada, da forma adequada diante de um membro da família hizária.

— Neste caso, é uma honra, senhor Argin. Perdoe-nos pela grosseria em nossas ações e falas.

— Não há problema. Eu nunca iria interferir na cultura de outra etnia. Além do mais, até que gosto do seu jeito de ser. Parece caloroso e amigável desde o começo.

— Mas afinal, alteza, o que é esse assunto de grande urgência para tratar em Icend? Também me pergunto: por que não há guardas com vocês? – Isis questionou, curiosa.

Maxsuz suspirou de olhos fechados, refletiu sobre a sua resposta e os abriu com determinação no semblante.

— Como vocês nos salvaram, em vez de apenas pegarem nossas coisas e nos deixarem para morrermos, vou contar tudo. Há mais de um centiroten, uma criatura anciã, alada e gigantesca, conhecida como dákron, atacou a capital Áderif, destruiu grande parte da Fortaleza Silécia e raptou o hizar Jonac Argin, meu pai. Áderif precisa do máximo de proteção possível, então eu e Marulin iniciamos uma jornada para caçar e derrotar o dákron. Além disso, se houver qualquer chance, por menor que seja, de meu pai estar vivo, vamos resgatá-lo. Digam-me: vocês têm alguma informação que possa ajudar em nossa missão?

Os Kádoma ficaram pasmos por um momento.

— Não, alteza. Nada sabemos sobre dákrons. – a senhora informou.

— Pensando bem, tem algo que talvez ajude... – Lírio refletiu em voz alta.

Maxsuz imediatamente se tornou empolgado.

— Diga-me!

— Uma lenda em Icend diz que uma entidade alada guarda o topo da montanha. Há muito tempo, ninguém tenta se aventurar, pois todo cidadão de Icend temia que a lenda fosse verdadeira e que uma empreitada ao pico da montanha se tornasse um caminho só de ida.

— Hum, que inusitada essa lenda. – comentou Maxsuz, enquanto o homem continuava a explicar.

— Talvez a história seja verdadeira e, quem sabe, essa entidade é a que estão procurando, o dákron?

— Não pode ser apenas uma coincidência... Meus instintos estavam corretos e nosso objetivo realmente está em Icend! – a chama da esperança voltava a queimar forte dentro do guerreiro.

A mulher fez um chamado à consciência.

— Não crie tanta expectativa, alteza. Não quero que se frustre, caso não exista realmente o que procura no topo da montanha.

— Não é necessário continuar me tratando por alteza. Podemos ser informais. Mas o seu alerta faz sentido, Isis. Preciso manter a calma, até porque, se for verdade e o dákron estiver no pico da montanha, será necessário foco. Obrigado!

O nauri pensou na amiga e desabafou com os novos conhecidos.

— No estado em que Marulin se encontra, ferida pelo combate anterior, não conseguiremos alcançar Icend.

Lírio curvou-se novamente e ofereceu seus préstimos.

— Com tudo o que foi revelado, pela urgência da situação e a gravidade do estado de Marulin, e sendo você quem é, Maxsuz, seria uma honra se pudéssemos ajudá-los em qualquer coisa para chegarem ao topo da montanha de Icend.

Maxsuz ia falar, mas o homem pediu que o deixasse terminar.

— Eu e minha ligada estávamos a caminho do norte de Frêniste. Pretendíamos caçar nas florestas, mas esse objetivo é insignificante perto da grandeza

CAPÍTULO 17

de sua missão, senhor Argin. O que fez e planeja fazer é mais bravo do que fez a maioria dos ferkals que já conheci. Você é um exemplo para seguir.

Uma pergunta ainda inquietava Maxsuz.

— Muito obrigado a vocês dois! Continuo a agradecer por toda a generosidade. E afinal, por que os ferkals chamam a nós, inhaouls, de "dengosos"?

— O nosso povo é rude, pouco dado à elegância. Assim, vemos os inhaouls como "dengosos", cheios de hábitos refinados. Alguns ferkals vão ainda mais longe e se referem aos habitantes de Métis como "florzinhas". – o Kádoma explicou.

Isis também tinha uma dúvida.

— Isso me faz lembrar: quando analisei Marulin, principalmente no braço, onde supostamente haveria o corte, já que a mancha na roupa indicava sangue, não encontrei qualquer ferida. Diga-me, Maxsuz: você sabe de algo sobre isso? Não há sequer uma cicatriz!

O nauri pensou se deveria esclarecer e decidiu que sim.

— Talvez seja algo difícil de compreender, mas o fato é que eu curei a ferida de Marulin, antes que ela morresse.

— Como? O braço dela estava perfeito. Eu tenho certeza disso. – Isis ficou confusa.

— Aí é que vem a parte complicada. Imagino que tiveram que desprender o meu cinto para poderem me arrastar até a tenda. Correto?

No semblante do ferkal, via-se a dúvida.

— Sim. Agora que disse, realmente não conseguimos movê-lo até soltarmos o seu cinto. Vejo que você não tem esse problema, já que está com a espada presa junto à cintura neste exato momento.

— Todas essas coisas estranhas estão relacionadas... A isto... – o hizo ergueu sua mão e a acendeu como se acende o fogo, emitindo uma fraca luz branca, e explicou. — Isto é árula, a energia de tudo, e eu sou um alkaguírio, capaz de manipular a própria árula externamente. Sou um alkaguírio da luz, ou da vida, e minha energia é capaz de curar ferimentos. Com ela, curei a ferida de Marulin. A espada é minha alkálipe, arma única que apenas eu posso empunhar. Por sua vez, a alkálipe também amplifica esses poderes. É por isso que vocês não puderam erguê-la, e não encontraram a ferida em Marulin, porque a curei logo após. O problema é que Marulin perdeu muito sangue e precisa de tempo para recuperar-se a ponto de andar, cavalgar e continuar a viagem. Não acho que a minha energia possa ajudar nisso, então teremos que esperar.

Os Kádoma permaneceram paralisados, tentando compreender o que o hizo explicara e provara. Isis tropeçou e caiu sentada na neve, enquanto Lírio tentava dizer alguma coisa sem encontrar as palavras.

— Essas habilidades não me tornam menos himônus. O que realmente importa agora é a saúde de Marulin.

Isis teve dificuldade para entender tudo aquilo.

— M-Mas... De onde vem esses poderes?

— Eu mesmo não sei. Até onde entendo, nasci com o dom e comecei a desenvolvê-lo recentemente, depois que Marulin me ajudou a achar a espada. Em seguida, encontrei um alkaguírio da luz mais antigo, que explicou o que contei a vocês e ensinou o básico sobre como manipular a árula. Não sou um tipo de entidade. Tampouco entendo mais do que expliquei.

— Maxsuz, talvez não seja necessário esperar a recuperação de Marulin para retornarmos a Icend. – o ferkal sugeriu, ajudando sua ligada Isis a se levantar.

— O que quer dizer, Lírio?

— Considerando que vocês viajam em dois repranos saudáveis, Isis pode cavalgar um deles, segurando Marulin e a envolvendo em seu casaco, enquanto você pode montar no outro. Eu acompanharei vocês a pé.

CAPÍTULO 17

— Essa é uma ótima ideia. Com as duas mulheres no mesmo reprano, ele conseguirá suportar a carga até Icend. Mas não parece correto deixar você cumprir todo o caminho a pé. Será muito pesado.

— Não é preciso se preocupar comigo, Maxsuz. Eu e Isis estamos acostumados a longas distâncias. Afinal, caminharíamos todo o trecho até o Norte, e depois da nossa temporada de caça, voltaríamos para casa andando, do mesmo jeito.

— Está bem, é um argumento irrefutável. Vou avisar Marulin e trazê-la para ficar aqui, perto da fogueira, enquanto guardamos todas as nossas coisas.

— Perfeito. Vamos começar agora. Venha, Isis! - o senhor disse com empolgação, indo até a sua tenda.

— Claro, Lírio. Estou a caminho. - a ferkal o seguiu.

Ao retornar ao abrigo, Maxsuz encontrou a amiga observando-o, ainda deitada.

— Conheci nossos salvadores e estabelecemos um plano juntos. - o garoto avisou, com um sorriso.

Marulin sorriu, retribuindo.

— Sim, daqui foi possível escutar o que diziam.

— Ah, ótimo. Está tudo bem ou você faz alguma objeção?

— Não, nenhuma.

— Certo! Então... Eu vou te levar lá para fora, perto da fogueira... Está bem?

— Sim... Estou de acordo...

Com cuidado e delicadeza, o hizo colocou as mãos sob a cabeça e as pernas da garota, e a ergueu. Seu rosto ficou muito próximo dos seios por um momento, o que o deixou constrangido. Marulin apoiou a cabeça no peito de Maxsuz. A proximidade permitiu que ela sentisse a batida descompassada de seu coração.

Com calma, o alkaguírio caminhou e acomodou Marulin ao lado da fogueira, para que se mantivesse aquecida, e saiu.

— Espere aqui um pouco, enquanto guardamos todo o equipamento. Logo partiremos.

Marulin balançou a cabeça positivamente.

Em alguns menuz, as tendas foram desmontadas, as bolsas e os sacos distribuídos entre os repranos Rigitz e Virtus. Lírio, avaliando as pessoas e a carga que cada animal levaria, se responsabilizou por uma parte do peso, fazendo jus à fama de força e resistência dos ferkals. Marulin foi colocada sobre Virtus, e Isis sentou logo atrás, para a impedir de cair. Maxsuz montou em seu reprano Rigtiz.

Com todos prontos, o alkaguírio os convocou à jornada, entusiasmado.

— Muito bem, pessoal. Icend nos espera, junto com a lenda no topo da montanha. Se é lá que está o nosso destino, é para lá que vamos. Por Jonac!

— Por Jonac! – bradou Marulin, e todos responderam em coro.

— Por Jonaaaaaaac!

A MONTANHA DOS MISTÉRIOS

CAPÍTULO 18

Um pouco antes do fim da rotação, o grupo chegou à base da montanha de Icend, no começo da cordilheira de Lodero. Marulin sentia-se um pouco melhor, conversava normalmente, e Maxsuz estava maravilhado pela grandeza da formação rochosa, vendo a luminosidade que vinha da entrada da cidade algumas dezenas de legros acima, apenas com uma escadaria entre eles e a grande caverna.

Com mais alguns menuz de subida vencidos, os dois inhaouls e o ligamento ferkal adentraram a capital de Frêniste, uma cidade relativamente grande, com casas feitas de pedra grudadas umas nas outras e ruas estreitas. O teto da caverna era muito mais alto do que qualquer construção poderia alcançar e, em seu fundo, atividade vulcânica criava lagos de magma que aqueciam e iluminavam a cidade, impedindo-a de ser congelada pelo clima exterior.

— Incrível. Icend é mais impressionante do que qualquer livro de Áderif poderia descrever! – Marulin comentou, estonteada.

— Realmente, é mais bela do que eu imaginava. – complementou Maxsuz.

— Vivendo aqui a vida inteira, às vezes não percebemos quão bonita é Icend. – disse o Kádoma, com admiração. — Bom, vamos entrando.

Isis ainda adicionou.

— Nossa casa é humilde, mas há lugar para passarem o roten confortavelmente. Ficaremos felizes se utilizarem nossa cama de ligamento para o descanso. Aliás, é uma honra receber um hizo em nosso lar.

— Não me sinto no direito de ser um incômodo para vocês. Desde que haja um lugar adequado para Marulin descansar, está bom para mim. Se necessário, dormirei no chão.

— Vamos, então. Por ali. – o ferkal disse, guiando o caminho.

Dois repranos circulando pelas ruas estreitas e movimentadas da cidade era algo bem incomum, uma novidade e tanto. As pessoas olhavam, mesmo que por um momento, para os inhaouls em suas montarias junto de dois nativos, e perguntavam-se a razão.

Mais alguns instantes e o senhor parou. — Aqui estamos. A residência dos Kádoma! – declarou, apontando na direção da porta de entrada à sua direita. — Por favor, entrem. Levarei os repranos ao estábulo municipal. Provavelmente terá vagas, poucas pessoas utilizam repranos por aqui.

O Argin agradeceu.

— Você se revela um homem cada vez mais generoso, Lírio. Muito obrigado por tudo!

— Imagine. Venham conhecer a casa, jovens. – a ferkal convidou.

Maxsuz desceu de Rigtiz e ajudou Marulin a chegar ao chão. O Kádoma pegou as rédeas e conduziu os repranos pelas ruas de Icend até o estábulo, enquanto Isis abria a porta de madeira, deixando os adolescentes entrarem primeiro.

A casa estava às escuras. Em pouco tempo, Isis acendeu velas e as espalhou pelos cômodos, permitindo uma claridade mais adequada. Era uma habitação quadrada de dois andares, toda feita de pedra, com a mobília de madeira rústica.

Na parte térrea, via-se à direita o banheiro e a sala de estar, com dois pequenos bancos de madeira cobertos por pele de animal e uma lareira,

CAPÍTULO 18

enquanto à esquerda, uma minúscula sala de jantar à frente, com uma mesa que acomodaria a refeição de duas pessoas, e a cozinha ao fundo. O andar superior era formado pelo quarto do ligamento Kádoma e um diminuto quarto de hóspedes, cuja única mobília consistia em uma cama individual.

O Argin comentou.

— Sua moradia é muito agradável, Isis. Não me importaria em dormir em um dos bancos de madeira ou mesmo no chão.

— Realmente. Uma casa acolhedora. – Marulin complementou.

— Obrigada. Fico feliz que estejam satisfeitos! Por favor, fiquem à vontade.

Lírio retornou do estábulo municipal. Todos tiveram um jantar simples e, exaustos pela viagem, se recolheram. Os Kádoma em seu quarto, Marulin no de hóspedes e Maxsuz em um banco da sala. Após a longa jornada e finalmente descansando debaixo de um teto, adormeceram sem dificuldades.

A rotação amanheceu na cordilheira, com a cidade de Icend acordando mais uma vez. O barulho exterior despertou o ligamento ferkal e os inhaouls. Marulin sentia-se bem melhor, conseguia caminhar e vestir-se sozinha. Todos os outros esperavam na sala, quando ela desceu as escadas, disposta e preparada.

Lírio se entusiasmou ao vê-la em bom estado.

— Excelente, você está muito melhor, Marulin.

Maxsuz também ficou empolgado.

— Então agora podemos começar a expedição para o topo da montanha.

Foi Isis quem acalmou os ânimos, enquanto preparava sementes de pinheiro em uma panela suspensa sobre o fogo da lareira.

— Acalmem-se os dois. Ela precisa comer algo antes de sair.

— Para ser sincera, realmente estou com fome e sede.

O Argin concordou.

— Tem razão. Precisamos garantir que estamos bem alimentados para começarmos a escalada.

Lírio informou o plano.

— O equipamento para nós três está pronto. Isis ficará, para cuidar dos repranos e de outras necessidades.

Isis confirmou.

— Sim. Inclusive, vou caçar depois de partirem.

Maxsuz não escondia a ansiedade.

— Muito bem. Vamos terminar e partiremos.

Após o café da manhã, o destemido trio deixou a casa de pedra, cada um com sua mochila nas costas. O hizo olhava ao redor, como a procurar algo.

— Aonde vamos agora?

— Para lá. - o Kádoma apontou a área dos lagos de lava. — Há uma passagem que nos levará ao exterior da montanha. Uma velha e gigantesca escadaria nos espera. Se suportarmos subi-la por inteiro, supostamente chegaremos a um platô, relativamente próximo do cume.

— Parece que será árduo para chegar até o to...

Marulin foi interrompida por Maxsuz.

— Não importa quão difícil será. Se o dákron estiver lá em cima, meu pai também estará. Não pretendo desistir de forma alguma! - o hizo mostrou determinação inabalável. — Vamos. A verdade nos aguarda!

A jovem se surpreendeu com o comportamento do rapaz, mas, ao considerar a ansiedade dele para desvendar o mistério, decidiu não comentar.

Ao passar pelos lagos de lava, se percebia como era quente aquela pasta de rocha incandescente. Adentrando mais, começava-se a ver buracos no teto por onde a luz de Aliminnus entrava, passando por áreas de terra, onde uma próspera plantação crescia. Os inhaouls reconheceram a engenhosidade de cultivar plantas no interior da caverna utilizando a luz que se refletia nas fendas e o calor fornecido pela montanha, além da terra vulcânica, cheia de nutrientes.

— Percebi que todas as casas em Icend são basicamente iguais. Então Frêniste realmente é uma hifrista. – o Argin esperou a confirmação do nativo.

— Isso mesmo. A comunidade se ajuda a sobreviver nesta terra tão implacável. Se não estivéssemos dispostos a trabalhar juntos, não sobreviveríamos. Sendo minimalistas em nossas casas, garantimos que todo morador de Icend tenha um bom lugar para chamar de lar. Como ninguém possui mais, nem menos do que os outros, a criminalidade é quase inexistente e a ordem geral prevalece. Às vezes, surge um encrenqueiro querendo sobressair-se, achando-se melhor do que os outros, mas o botamos em seu lugar rapidamente.

— Sendo assim, por que tem nos tratado com tamanha distinção? – Marulin questionou.

— A família hizária Argin sempre foi muito honrada, com líderes exímios e bondosos. Todos em Akasir os respeitam por sua grandiosa história e sua preocupação com a permanência da paz.

Lírio continuou a explicação.

— O simples fato de terem saído apenas os dois nessa missão desafiadora já mostra o valor que vocês têm. Mesmo que grande parte dos inhaouls seja muito mais mental do que física, o que não é o jeito ferkal de ser, os Argin provaram uma vez atrás da outra que são únicos. Com Maxsuz não é diferente. Ele provou, sem sombra de dúvida, que vem da mesma linhagem nobre. Ainda que eu não considerasse sua família, é singular o fato de que ele foi capaz de derrotar um cratório macho sozinho, sem contar os seus poderes de cura como alkaguírio da luz. Como pode ver, Marulin, não faltam motivos para os respeitar como pessoas especiais entre nós.

O hizo escutou tudo em silêncio, feliz por dentro, mas não se manifestou, temendo dizer algo e parecer imaturo ou arrogante. Marulin ficou surpresa com a profundidade da resposta do ferkal.

— Obrigado pelas palavras, Lírio. E concordo que esse rapaz aqui é realmente especial... – ela virou-se para Maxsuz, que há rotações tentava não focar nos belos e hipnotizantes olhos verdes dela.

Finalmente, atravessaram a apertada passagem na parede de rocha e chegaram ao exterior da montanha. Lá fora, estava claro, com a luz da rotação vinte e oito de Jol, mas a neve continuava caindo.

Os himônus passaram pela abertura de onde se contemplava o penhasco altíssimo e a escada gigantesca em ziguezague, que subia por uma íngreme e extensa parede de rocha. O horizonte era tomado pela cordilheira de montanhas brancas.

Os três não hesitaram e iniciaram a longa subida pelos degraus quase inacabáveis. Aproximadamente cinco passagens depois, a escada havia terminado, revelando o platô de neve. Os adolescentes estavam exaustos pela longa subida, mas Lírio, acostumado às viagens difíceis, parecia ter feito um exercício simples.

Olhando em volta, Maxsuz contemplou as duas ruínas de fortalezas, uma próxima e outra quase no cume, assim como uma luz alaranjada vinda de algo atrás de rochas, do outro lado do platô.

— Incrível. – Maxsuz exclamou, fascinado.

— O que são essas ruínas? – perguntou Marulin, curiosa.

— Ruínas de um antigo arsenal, aqui embaixo, e do Observatório Congelado de Icend, lá em cima. São mais antigas que a cidade em si. Há tempos ninguém vem onde pisamos nesse momento, por medo de

CAPÍTULO 18

que a lenda seja real. Eu mesmo nunca estive aqui. E digo mais: na minha opinião, devemos estar preparados para qualquer coisa. A entidade pode aparecer a essa altitude.

Maxsuz colocou a mão na espada.

— Ela pode estar em qualquer lugar, então sugiro que procuremos dentro das construções.

— Sim. Até porque, se ela surgir do nada, estaremos preparados. Vamos. – Marulin concordou.

O ferkal ficou receoso, mas decidiu acompanhá-los ao antigo arsenal. Na ruína, destacava-se uma abertura enorme, como se a parede inteira tivesse sido implodida, com blocos de pedra dispersos pelo chão. A entrada era um grande saguão com pilastras que formavam um corredor, algumas delas parcialmente destruídas e se viam pedaços espalhados pelo ambiente. Mal havia iluminação a não ser a vinda do rombo na entrada. O teto era alto, com várias vigas frágeis e comprometidas, dando a impressão de que não durariam mais tanto tempo.

— Aqui será interessante procurar alguma pista. - sussurrou Maxsuz, enquanto entrava na construção e olhava cada detalhe.

— Vamos nos espalhar e ganharemos tempo para procurar. Eu vou descer aquelas escadas ali nos fundos. - disse Lírio.

Aos sussurros, combinaram que Marulin seguiria pelo corredor direito, enquanto Maxsuz avaliaria dois setores: o saguão e o corredor esquerdo.

Seguiram seus caminhos, separando-se pelas ruínas. O lugar era bem maior do que imaginavam. Passados vários menuz, nada encontraram. Prestes a sair do saguão, Maxsuz ouviu o som que parecia uma tropa marchando e se escondeu atrás de uma pilastra.

Realmente, uma pequena tropa de soldados adentrou o local. Eram vinte e nove militares trajando armaduras cinza-escuras, gravadas no peito com um símbolo que parecia o crânio de um animal assustador. À frente deles, um oficial de armadura prateada com detalhes acinzentados orientava os demais.

O nauri aproveitou que não foi descoberto e permaneceu escondido atrás da pilastra, enquanto ouvia o que o líder falava.

— Entenderam? Não é difícil, só vasculhem o lugar e vejam se conseguem descobrir onde estão Roriat e aquele outro fedelho.

Ouviu-se um coro militar de respostas.

— Sim, senhor!

Os soldados se dividiram em grupos menores, seguindo para os dois corredores e a escadaria.

Maxsuz ficou apreensivo sobre a forma que os militares reagiriam, caso se deparassem com seus amigos naquele local. Não demorou até que Marulin e Lírio fossem encontrados e, como temia, os soldados não deram uma recepção calorosa. Mesmo longe, Maxsuz conseguiu ouvir os gritos de relutância de seus dois companheiros sendo capturados.

O medo foi transformado em raiva. Maxsuz quase perdeu o controle. Sentiu os olhos latejando do castanho ao rubro-escuro reluzente. No entanto se conteve e, silenciosamente, esperou todos os soldados deixarem o saguão, antes de seguir pelo corredor direito.

Conhecia suas limitações. Sabia que sozinho não seria páreo diante de tantos inimigos ao mesmo tempo. Precisaria vencer, de forma furtiva, o máximo de soldados, ou a vida de seus amigos estaria ainda mais ameaçada. Quanto mais entrava no ambiente sinistro, maior a inquietude que sentia, como se a esperar que, a qualquer momento, um soldado pudesse saltar sobre ele.

Ouviu passos. Não poderia ser visto ou todos os inimigos seriam alertados. Tampouco havia onde se esconder ali. Sem tempo para ponderar, decidiu sair pela

CAPÍTULO 18

única janela próxima e se pendurou pelo lado de fora, apoiando-se na parede externa com os pés e segurando no parapeito com a ponta dos dedos das mãos.

Ao perceber os passos mais próximos, olhou para baixo, constatando a imensidão do abismo sob seus pés. Atrás dele, uma cachoeira de magma caía em um grande lago incandescente, mostrando quão ativa ainda estava a lendária montanha de Icend. A estrela laranja era, na verdade, a luz produzida por tal rio de lava que jorrava sem fim. Mesmo posicionado à beira da morte nesse cenário difícil, o hizo buscou ouvir a conversa dos soldados que se aproximavam.

— Aparentemente é necessário interrogá-la por qualquer coisa sobre Roriat que possa conhecer. Afinal estava aqui em cima e sabemos que ninguém de Icend teria coragem de subir a montanha.

— Mas não ouviu aqueles que a capturaram? Parece que a menina é linda, apesar de jovem.

— Bom, eles disseram para a interrogarmos. Há muitas formas de fazer isso, se é que você me entende.

De onde Maxsuz se pendurava, não pôde ver o malicioso sorriso dos soldados, mas conseguiu escutar.

— Eu gosto do seu jeito de pensar, amigo.

A fúria tomou conta de Maxsuz como se o envolvesse fisicamente. Os olhos ficaram vermelho-escuros e as pupilas, verticais. Subiu do parapeito de uma só vez e se aproximou, sacando a espada no momento crucial. Antes que os soldados pudessem se virar ou reagir, o guerreiro desferiu golpes fatais com sua reluzente lâmina.

Ainda transtornado com o que ouvira daqueles homens, Maxsuz foi avançando pelo corredor. Alguns legros adiante, se deparou com uma velha porta de madeira fechada. Do outro lado dessa porta, ouviu a voz de Marulin.

Olhou pela fechadura. Viu uma sala ampla, cheia de prateleiras vazias e uma extensa mesa de madeira podre ao centro. Marulin estava amarrada em uma cadeira, um pouco afastada da cabeceira da mesa. Três soldados guarneciam a sala da prisioneira. Um vigiava a garota, enquanto os outros se ocupavam do ambiente.

Maxsuz abriu a porta devagar, sem ser percebido, e se ocultou na escuridão, atrás de uma pilha de escombros. A poeira formava uma camada espessa rente aos móveis e sobre o piso. Folhas soltas de livros eram levadas pelo vento vindo das janelas. Fragmentos maciços do teto se espalhavam, caídos quem sabe há quanto tempo. Marulin sentiu algo estranho e sombrio na sala, mas não sabia de que se tratava. O hizo pegou um estilhaço no chão e jogou pela porta que ficara entreaberta, para despistar os inimigos.

— O que foi isso? – perguntou o soldado próximo a Marulin.

— Não há de ser nada. Deve ter caído mais um pedaço do teto. – disse outro militar na sala.

— Vocês estão surdos? Vão lá para fora e não retornem sem respostas! – bradou o sujeito, voltando a vigiar a garota em silêncio.

Os outros dois guerreiros assustados com a ordem do parceiro saíram imediatamente. O que ficou na sala caminhou até a porta, trancando-a.

O sujeito virou-se para Marulin e usou um tom sombrio, maldoso, ameaçador.

— Agora estamos sozinhos, não é mesmo?

Maxsuz não conseguiu mais conter a fúria e disparou para cima do soldado, que tentou identificar a fonte do barulho, quando sentiu o chute no rosto, quebrando seus dentes e lhe arrancando o capacete. O militar caiu, no mesmo instante em que o Argin subiu sobre ele e começou a socar seu rosto sem parar, com uma força sobrehimônica, gritando em seu frenesi. Marulin assistiu à cena e ficou terrificada.

— Maxsuz, chega! – gritou desesperada.

CAPÍTULO 18

O hizo cessou sua ofensiva massacrante, olhou para as mãos cobertas de sangue e se afastou do homem abatido a seus pés. As mãos começaram a tremer, enquanto sua consciência retornava. Pasmo, segurou fortemente seus cabelos com as mãos e balançou a cabeça, gritando e sofrendo para retomar o controle de si.

Finalmente, ajoelhou-se e pôs as mãos no chão, ofegante, enquanto seus olhos voltavam ao normal. Logo ouviu-se o barulho da maçaneta sendo virada e a porta só não se abriu porque o soldado a trancara.

Percebendo o perigo, correu a libertar Marulin destroçando a corda em pedaços apenas com a força das mãos.

Lá fora, um dos soldados tentava falar com o companheiro que deveria estar vivo do lado de dentro.

— Ei, Olle. O que está acontecendo? Abra a porta!

Marulin pegou seu sabre que estava sobre a mesa, enquanto Maxsuz tentava se recompor.

Os inimigos forçavam a porta para abri-la e não duraria muito até que a envelhecida madeira cedesse. De volta ao normal, Maxsuz sacou mais uma vez sua espada. Os adolescentes se moveram rápida e silenciosamente, se posicionando cada qual ao lado da porta que continuava a receber golpes.

Assim que os homens de cinza tombaram a porta e cambalearam para dentro do salão, os dois jovens avançaram e bateram na nuca de cada um com o pomo de suas armas, nocauteando os inimigos. Maxsuz olhou para os soldados desacordados no chão e ficou pensativo.

— Vamos atrás de Lírio. Ele ainda está em perigo.

— Claro. – Marulin respondeu, ainda afetada pela agressividade que testemunhara em seu companheiro.

— Ele disse que desceria aquelas escadas lá nos fundos, então é para lá que devemos ir.

Marulin recolocou a mochila nos ombros. Seguiram por vários corredores e desceram as escadas no rumo do amigo, com o cuidado de se manterem às sombras, longe dos olhos de inimigos tão próximos. Em dado momento, avistaram Lírio, que vinha pelo corredor na direção deles imobilizado com as mãos amarradas para trás, e conduzido à força por um soldado enorme, que conseguia segurar o Kádoma sozinho.

O ferkal alertava o algoz que o escoltava.

— Somos unidos, soldado. Espero que saiba o que te espera, depois que toda Icend descobrir o que fizeram comigo.

— Cale a boca!

Maxsuz e Marulin continuavam escondidos nas trevas, aproximando-se o máximo que podiam, em busca de vantagem no ataque. Como havia pouca iluminação, a garota acabou escorregando nas pequenas pedras. O barulho chamou a atenção do grande inimigo.

— Quem está aí? – inquiriu o soldado, sacando a adaga, que pressionou nas costas de Lírio. — Apareçam logo ou matarei o seu aliado!

Marulin olhou o amigo inhaoul, que só acenou. Mostrou-se para o soldado, erguendo as mãos vazias e fingindo estar em pânico.

— Estou aqui. Por favor, deixe ele ir!

O homem hostil caminhou até a jovem, enquanto guiava o ferkal como seu refém. O Argin saiu das sombras e, dessa vez com os olhos no tom vermelho-claro, investiu em alta velocidade. Saltou e atingiu seu oponente com um poderoso chute no queixo. O grande soldado bateu a cabeça em uma pedra ao cair, e desmaiou imediatamente.

Marulin se aproximou de Lírio e o desamarrou.

— Vamos andando, não temos tempo a perder.

Maxsuz concordou, já se virando para o caminho da saída.

— Exatamente. Se não aproveitarmos essa oportunidade, talvez não

CAPÍTULO 18

tenhamos outra. Não demora nada, encontrarão os soldados derrotados e virão atrás de nós com todas as suas forças.

O ferkal sorriu e quebrou um pouco do estresse.

— Mas há tempo para dizer muito obrigado!

Mais alguns menuz e os três chegaram ao saguão de entrada, que estava estranhamente vazio, e puderam assim fugir do arsenal.

— Devemos alertar a guarda de Icend sobre esses invasores desconhecidos! – advertiu o Kádoma.

— Acho que Lírio tem... – Marulin foi abruptamente interrompida por Maxsuz, antes que pudesse concordar com o ferkal.

O hizo estava enraivecido. A cor de seus olhos escureceu até alcançar um reluzente tom rubro-sangue como antes.

— Não tenho tempo para isso. Já estamos aqui em cima, depois de tanto tempo escalando. Eu não volto até chegar ao pico da montanha e encontrar a entidade. Se quiserem descer, sintam-se à vontade. Não vou esperar sequer um instante para encontrar a verdade.

Os outros dois se entreolharam por um momento, demonstrando estarem preocupados com a mudança radical e agressiva no comportamento do hizo. Marulin, em especial, sabia que Maxsuz falava sério e, considerando o que ocorrera no arsenal, não poderia deixá-lo sozinho nesse momento.

Ela acenou em silêncio com um semblante determinado, simbolizando que iria com o amigo até o fim. Admirado pela coragem e resiliência dos jovens inhaouls, Lírio deu um sorriso sutil e assentiu com a cabeça. Assim, seguiram montanha acima.

FORÇA DO GELO

CAPÍTULO 19

A subida até o topo da montanha foi dificultada, já que as escadas de acesso ao Observatório Congelado eram ainda mais íngremes e estavam praticamente destruídas pelo passar dos ciclos desde que os degraus foram firmados. Além disso, o que antes era o calmo cair da neve se tornou brusca tempestade a fustigar as ruínas.

Cerca de duas passagens depois, os três chegaram à entrada principal, uma porta imponente com seis legros de altura. O Observatório era formado por três edificações autônomas. Detrás do primeiro prédio, no nível um pouco superior, havia uma torre que chegava até as nuvens, como se a tempestade dali se originasse, um espetáculo para os olhos do trio, que misturava beleza e espanto. A terceira construção, a mais baixa de todas, aparentava ser a mais arruinada.

Os três himônus transpuseram a porta de entrada principal e se depararam com um saguão ainda mais grandioso, com doze legros de altura, cercado por pilastras. Após entrarem no primeiro edifício, do lado de fora uma coisa enorme saiu do cume da torre do Observatório e desceu paulatinamente pelas paredes, sendo que ora surgia, ora desaparecia nas nuvens escuras da tempestade.

Marulin sussurrou.

— De longe não dava para perceber como esse lugar é amplo.

Lírio, embora fosse um destemido ferkal, demonstrava estar temeroso.

— Nunca tinha vindo aqui. Digo, eu jamais quis vir aqui.

Desde que partiram em direção ao topo da montanha, Maxsuz mantinha-se silencioso, com o semblante sinistro. Diferente da ruína anterior, a parte interna se preservava em quase perfeito estado, com todas as pilastras íntegras. Um belo tapete vermelho ornamentava o ambiente, cruzando todo o saguão até uma estátua de pedra postada junto à entrada de dois corredores. A figura representada na escultura chamou a atenção de Lírio.

— Jamais vi um ferkal trajado assim. Esse lugar deve ser muito mais antigo do que eu imaginava. Enfim, vamos nos separar pelas alas laterais primeiro. Depois, nos juntamos aqui e exploramos o resto.

Marulin relatou sua preocupação.

— E se aqueles militares voltarem, estaremos separados novamente?

— Acalme-se, Marulin. Mesmo que tenham percebido que desaparecemos, provavelmente pensarão que descemos a montanha e fugimos deles. Não tem motivo para acreditarem que subimos ao topo e ainda que venham para cá, não chegarão tão cedo. Por acaso você viu alguém nos seguindo, desde que nos afastamos do arsenal?

— Tem razão. Não vi ninguém.

— Pois é. Então faremos o seguinte: eu vou seguir por aquele corredor mais à direita.

Maxsuz discordou e de forma inegociável foi andando na direção que preferiu.

— Quem vai pela direita sou eu.

Lírio ficou aborrecido e insistiu em projetar-se naquele sentido.

— Ei, não ouviu o que eu disse?

Marulin sentiu uma tensão no ar. O garoto já tinha se afastado alguns legros, virando apenas a cabeça um pouco de lado, o suficiente para se ver os seus olhos reluzentes.

CAPÍTULO 19

— Ouvi perfeitamente. Mas ouvir é diferente de concordar.

Sussurrando, a jovem tentou colocar fim ao desnecessário conflito que se anunciava.

— Venha Lírio. Iremos pelo outro lado.

Irritado, o ferkal retrucou, sentindo-se um pouco melhor por ficar com a última palavra:

— Então tudo bem, mas eu vou sozinho.

Assim, cada qual seguiu por um corredor. O Argin foi pelo corredor mais escuro, e pouca visão tinha à sua frente. Alguns passos dados e ouviu um forte estrondo, seguido de um tremor no solo. Apoiou-se numa parede e escutou o grito de Marulin vindo de algum corredor.

— Maxsuz, Lírio!

Os olhos do hizo se apagaram instantaneamente e correu de volta ao saguão, na direção do grito, onde se deparou com sua amiga.

— O que foi isso? – perguntou Marulin, bastante angustiada.

— Não sei, mas algo me parece estranho.

— Há apenas duas possibilidades: ou o vulcão desta montanha mostrou um pouco de sua fúria ou...

O ferkal, que acabara de reencontrá-los, aproveitou a deixa e concluiu com toda sinceridade.

— Ou a entidade é real, está próxima, e é muito mais poderosa do que podemos imaginar. Não é à toa que desde criança nos ensinam a nunca vir até aqui. Por mais que eu seja um ferkal e ame a emoção de uma batalha, admito que não tenho a mínima chance de derrotar algo assim. Consegui superar meu medo ao ver a bravura de dois jovens inhaouls em sua missão.

— Por isso você é especial, Lírio. Muito obrigada por estar aqui!

— Está bem. Então vou dizer o que faremos. Algum problema com isso, Maxsuz?

— Não. Fique à vontade...

— Ótimo. O plano é o seguinte: já que os caminhos laterais não parecem ser a fonte do tremor, vamos seguir pela entrada principal, que deve nos levar até a parte detrás, onde talvez exista um acesso aos outros prédios.

— Feito. – concordaram ambos.

Um himônus mais crescido teria de se curvar para passar no corredor que se estendia além da entrada, não mais do que uma travessa; estreito, baixo e de teto ogival. Assim que se aproximaram, Marulin avistou uma parede de gelo bloqueando o acesso.

— Uma muralha de gelo? Como isso se formou aqui dentro?

Lírio sacou uma ferramenta de seu cinto.

— Deixem comigo. Eu trouxe uma picareta, imaginando que em algum momento seria necessário quebrar gelo.

Assim dito, examinou a barreira por alguns instantes e desferiu o primeiro golpe. Estranhamente, mesmo com a pancada do forte ferkal, a lâmina deslizou para o lado sem deixar marca, por menor que fosse, na superfície gelada. Os garotos se entreolharam, confusos.

— Talvez eu tenha batido errado. Vou tentar de novo.

Reergueu a picareta e, com o máximo de força, urrando para aumentá-la ainda mais, atacou a muralha congelada. A barreira reluziu, lançando Lírio para trás com violência. A reação ao impacto foi tamanha que a picareta foi parar longe.

— Mas que tipo de gelo é esse? Nunca vi algo assim! – comentou, tentando recuperar-se da dor nas costas.

Foi a vez do Argin ponderar.

— Isso... Não é gelo comum... Eu sinto uma energia insólita fluindo aqui... Temos que tentar algo diferente.

— Você viu o que aconteceu com Lírio, Maxsuz. Não seria melhor darmos a volta pelo outro lado? – sugeriu Marulin, apreensiva.

CAPÍTULO 19

De olhos fechados, o hizo suspirou e quando os reabriu, haviam mudado de cor mais uma vez para um vermelho-claro reluzente com pupilas verticais.

— Não. Este é o caminho... Não me pergunte como, mas sei que devemos seguir por aqui. Sinto como se pudesse ver o poder do gelo pulsar, cheio de vida. Tive uma ideia. Acho que posso romper essa barreira.

— Isso eu quero ver. - desafiou o ferkal, curioso.

Os dois himônus comuns se afastaram e observaram de longe. Maxsuz se posicionou à cerca de cinco legros da parede gélida, sacou sua alkálipe, cerrou os olhos e começou a se concentrar. Assim que a arma sentiu o poder de seu dono e irradiou uma forte luz branca, ele lançou um fyhrai que atingiu em cheio a muralha de gelo.

Em vez de destruir o obstáculo, o golpe foi contido e ricocheteado de volta ao hizo, que se jogou de lado para não ser cortado ao meio. O ataque energético cruzou o corredor e quase atingiu os companheiros, alcançando uma pilastra e a dividindo em duas. A parte de cima caiu violentamente, causando grande estrondo.

— Está tudo bem com você? - perguntou Marulin, aflita.

— Sim. Estou bem. Mas o gelo... Devolveu meu ataque!

Lírio permaneceu paralisado e boquiaberto com o que acabara de presenciar.

— Então esse é o verdadeiro poder de um alkaguírio?

Os três se olhavam perplexos, tentando compreender o que se passava quando, da entrada do prédio, uma rouca voz masculina rompeu o silêncio.

— O que estão fazendo aqui?

O dono da misteriosa voz era um rapaz mais ou menos da idade de Maxsuz, que trajava camisa branca, calça e botas de couro, além de um sobretudo azul-claro até os calcanhares. O Argin sentiu uma pressão sinistra vinda do sujeito à sua frente, da mesma natureza que o leohand de rocha e dos espectros. Adotou uma posição defensiva, sinalizando aos companheiros que se afastassem.

Marulin e Lírio se viraram em direção ao recém-chegado.

— Quem é você? – Maxsuz perguntou.

O estranho de azul focou nos olhos de tom vermelho-claro do alkaguírio e sua espada branca e, no mesmo instante, assumiu um semblante enraivecido. — Agora entendi. Você está aqui atrás de Wallás, não é mesmo? Pois eu não permitirei que o seu tipo saia deste salão com vida! – e tirou debaixo do sobretudo um belíssimo nunchaku formado por dois pequenos bastões do que parecia ser um cristal similar a gelo, com juntas de metal prateado nas pontas, unidos por uma corrente.

Os olhos do estranho oponente, antes castanho-escuros, tornaram-se azul-claros reluzentes, com pupilas verticais.

Maxsuz balbuciou, incrédulo.

— Não... Não pode ser... Você é um...

— Um alkaguírio... – a moça complementou, apavorada.

— Marulin... Lírio... Protejam-se o mais ráp... – o Argin foi interrompido pelo grito do desconhecido, seguido de uma investida contra ele.

— Seu maldito, você vai morrer aqui e agora!

Os outros dois himônus tentaram se contrapor à ofensiva, mas o inimigo não permitiu. Bateu com o seu nunchaku no solo, propagando uma trilha de gelo que foi até os pés deles, prendendo-os ao chão.

— Não consigo me soltar! – constatou a garota, tentando livrar-se de sua prisão gelada.

— Muito menos eu! – disse o Kádoma.

Maxsuz temeu o destino do grupo e, ao mesmo tempo, sentia-se pronto para lutar.

— Seu poder é o gelo?

CAPÍTULO 19

— Como pode ser tão ignorante? – bradou o estranho, desferindo um novo golpe através do solo, desta vez em direção ao Argin.

O hizo conseguiu saltar para o lado, evitando o mesmo destino aprisionado de seus amigos. O oponente, no entanto, não cessou sua investida e Maxsuz precisou utilizar a técnica do fyhrai para revidar.

O poderoso ataque foi bloqueado pelo jovem de azul, que esticou sua arma à frente. A força do impacto fez com que ele caísse de costas.

Em meio ao caos, Maxsuz se colocou a pensar, pasmo.

Ele... suportou o ataque... A resistência de sua alkálipe se equipara às placas de metal de um cratório.

— Co... Como...? – a moça estava chocada.

O guerreiro caído apenas olhava fixamente para o hizo, com um sorriso sádico. Gritou, enquanto se levantava e partia para cima novamente.

Essa é a chance que eu tanto esperava. Se o destruir sozinho, Wallás finalmente reconhecerá o meu valor!

Os dois começaram o combate corpo a corpo com uma intensa troca de golpes, esquivadas, chutes e pancadas, até que o inhaoul se afastou do adversário, concentrando-se e preparando outro fyhrai. O estranho, no entanto, foi mais rápido, fazendo seu nunchaku brilhar no tom azul-claro, e batendo uma haste na outra. O impacto criou uma névoa espessa que tomou todo o ambiente, fazendo o jovem desaparecer.

Ao perder de vista o amigo, Marulin entrou em pânico.

— Maxsuz, onde está você?

Lírio tentava olhar para todos os lados em vão.

— A névoa é densa demais. Mal consigo enxergar meus pés!

De arma em riste, o inhaoul olhava em volta e, como os demais, nada conseguia ver, muito menos o adversário. De repente, levou uma pancada nas costas que o fez perder a respiração, caindo de joelhos.

Retomando o fôlego e se apoiando nos braços, levantou-se rapidamente e mais uma vez foi atingido na parte esquerda do rosto com a ponta de uma das hastes do nunchaku. Desabou de novo, sentindo o gosto amargo do sangue na boca.

Em uma ação desesperada, Maxsuz lançou um fyhrai para frente, enquanto se recuperava. A técnica abriu um espaço visível na névoa e, por um instante, pôde ver o inimigo evitando a energia do fyhrai com uma esquiva lateral, inclusive cortando uma parte de seu sobretudo.

Mesmo sabendo que o adversário estava escondido na neblina, Maxsuz percebeu que ele se movimentava com rapidez e não havia como precisar a localização. Tentou desferir golpes aleatórios ao redor, mas continuou a ser brutalmente atingido por todos os lados. Seu corpo cedeu de novo, caindo de costas após uma nova sequência de golpes.

Exausto, ferido, sangrando, Maxsuz sentia no íntimo que precisava encontrar forças para reagir e defender seus amigos de jornada.

A neblina gelada dificultava ainda mais sua respiração já prejudicada pela batalha. Fechou os olhos e fez um esforço para encher os pulmões de ar. Outra vez, não viu de onde veio o poderoso golpe de perna do oponente caindo sobre o seu abdômen como pedra e o fazendo desfalecer.

A névoa se dissipou em seguida. O guerreiro inimigo encontrava-se em pé sobre o Argin, com a expressão séria de quem estava prestes a acabar com o oponente.

— Sua morte trará finalmente a valorização de meu poder e o reconhecimento que mereço!

Os amigos assistiam de longe. O ferkal girava sua cintura o máximo possível, para acompanhar a batalha atrás dele.

— O que aconteceu naquela névoa? Por que Maxsuz está no chão?

Marulin, em pânico, tinha até dificuldade para falar o que pensava e balbuciou.

CAPÍTULO 19

— Não... Não pode ser... Ele não pode estar...

O inimigo de azul ergueu seu nunchaku a girar em alta velocidade e o fez irradiar com sua árula, preparando-se para o golpe derradeiro.

— Morra, alkaguírio da luz! – e desceu sua arma violentamente em direção à cabeça do hizo.

A garota gritou, em completo desespero.

— Maxsuz!

No último instante antes do impacto, o guerreiro da luz estirado no solo segurou a alkálipe do oponente e abriu os olhos, agora brilhantes e rubros como sangue.

— O quêêêêêê? – surpreendido, o adversário gritou.

O Argin soltou um urro de fúria que ecoou como o som de uma fera, puxou o inimigo através de seu nunchaku e, com a outra mão livre, socou seu rosto com uma força descomunal, lançando-o longe.

Erguendo-se como um raio, o hizo resgatou sua espada do chão, com a expressão de um predador enraivecido. Cada músculo do corpo vibrava pelo poder que passava por eles. Nada mais era visível ao Argin a não ser quem ele desejava destruir. Um contorno sombrio foi criado ao redor de seu corpo e sua alkálipe, fazendo com que todos os presentes sentissem a pressão energética vinda dele.

Marulin e o Kádoma nunca tinham visto Maxsuz daquele jeito.

O desconhecido começou a se levantar com certo esforço, limpando o sangue da boca com a manga do sobretudo azulado. Em pé, finalmente pôde analisar seu adversário a certa distância. Ficou tão chocado quanto os outros dois himônus e gritou, revoltado.

— Não... Isso... É impossível!

Respiração ofegante, Maxsuz não esperou mais um instante sequer. Com o grito ainda mais intenso e assustador do que o anterior, disparou em direção ao inimigo com tamanha velocidade que parecia levitar três celegros sobre o solo. Dessa vez, foi o adversário quem adotou posição defensiva, suportando com a corrente do nunchaku o impacto violento da alkálipe do hizo. A força do ataque fez o chão debaixo de seus pés vibrar e se rachar, como num terremoto.

O Argin continuou a arrastar seu adversário, ambos grunhindo como feras pelo esforço que aplicavam um contra o outro. Enquanto isso, Marulin e o ferkal permaneciam presos. Logo, o inhaoul pressionou o inimigo contra uma pilastra, quase encostando a alkálipe do garoto de azul no próprio rosto. Num giro extremamente rápido e calculado, afastou-se e lançou um fyhrai negro horizontal, que decapitaria o oponente, não fosse o fato de o outro guerreiro se esquivar da técnica por um fio de cabelo. Mas não pôde evitar a joelhada direta em seu nariz, que o arremessou para cima, batendo de costas na pilastra. O fyhrai dividira o objeto de pedra em dois e, com a batida do corpo do rapaz, a parte de cima despencou para trás, levantando grande quantidade de poeira.

O jovem de azul caiu sentado, atordoado e com o nariz quebrado. Nem teve tempo de se recuperar, pois Maxsuz o pegou pelo pescoço com a mão direita e o ergueu pelo restante da pilastra, enforcando-o.

A expressão do hizo, antes de fúria incontrolável, agora trazia um sorriso maligno, enquanto espremia entre os dedos a vida de seu oponente. Marulin e Lírio assistiam petrificados àquele horror e, finalmente, perceberam que o gelo aprisionador derretera à medida que o inimigo perdia as forças.

De repente, no entanto, um bater de palmas foi ouvido atrás de todos.

— Parabéns, meu caro, você demonstra superioridade como alkaguírio.

Maxsuz largou o jovem quase desfalecido e se virou para a fonte da voz, vendo um homem de aparentemente uns trinta ciclos, de manto azul-claro

CAPÍTULO 19

e mangas compridas, com gola alta e longo até os calcanhares, de tecido muito superior, com detalhes prateados. Por baixo do manto, uma armadura de couro cinza-escuro cobria todo o corpo até a base do pescoço.

Os olhos vermelhos do hizo se apagaram, assim como a energia negra ao redor de seu corpo e de sua alkálipe, até desaparecerem por completo. Sentindo uma pressão ainda maior vinda daquele sujeito e considerando as cores de suas vestimentas, assumiu que seria o mentor de quem acabara de derrotar, assim como Hollowl era o seu.

Se fosse isso mesmo, não haveria sequer uma chance de enfrentá-lo, não sem o Zul para auxiliar na luta. Além disso, o hizo havia utilizado muita energia na batalha, o que comprometeria qualquer resistência.

— Imagino que seja o mestre desse sujeito. – e apontou para o rapaz desfalecido.

— Muito perspicaz, jovem. Meu nome é Wallás Roriat. Sou o saguna do gelo e da tristeza. Esse a seus pés é Ônym Altin, meu darídu, embora eu constantemente fique pensando se vale a pena continuar treinando esta decepção. – o alkaguírio superior passou por Marulin e Lírio, que mal conseguiam se mover pela sensação ruim que aquele indivíduo os causava, e caminhou até o Argin calmamente, com um sorriso sutil, misterioso, maquiavélico.

Considerando o contexto, o garoto supôs que saguna e darídu significavam mestre e aprendiz.

— Roriat? Bom, tenho algumas informações, e estou certo de que gostaria de ouvi-las. – tentou se tornar útil, para que o homem não ficasse subitamente hostil.

— Ah, então presumo que tenha sido enviado por Íridus, não é mesmo? – alcançando o inhaoul, ele cruzou os braços para trás e fitou o jovem profundamente, com seus olhos azul-claros radiantes de pupilas verticais.

No espaço de alguns poucos instantes, os pensamentos de Maxsuz investigaram várias possibilidades.

Íridus? Por que será que ele acredita que eu o conheça? Deve ser algum aliado dele, senão provavelmente já teria me matado. Melhor que as coisas continuem assim...

Resolveu mentir para manter a conversa amigável.

— Certamente, Íridus acreditou que esta mensagem seria de bom uso para o senhor, enquanto ele resolve os próprios assuntos.

— É raro ver qualquer tipo de consideração vinda dele. Mas como está aqui, por favor, diga-me o que veio informar. Nossa, como fui grosseiro. Sequer pedi desculpas pelo ignorante ataque de meu darídu, que ainda não passa de um menino inconsequente, enquanto você parece muito mais disciplinado para aprender. Ah, se eu pudesse trocar de darídu com Íridus... – o Argin, então, entendeu que o homem mencionado, Íridus, tratava-se de outro alkaguírio. — Imagino que os dois himônus sejam seus acompanhantes. Por favor, sigam-me. Vamos conversar em um lugar mais quente e confortável. – o saguna pôs a mão nos ombros do hizo e começou a guiá-lo na direção da passagem, agora livre de qualquer gelo. — A propósito, qual é o seu nome, pequeno darídu?

— Maxsuz Argin, senhor Roriat. Posso conversar com os meus amigos, para que entendam a situação? Parece que não estavam preparados para uma batalha entre alkaguírios.

— Mas é claro. Esperarei lá atrás. Não se preocupem com Ônym, logo ele acorda e percebe como foi humilhado. – o senhor deixou o salão.

O hizo chamou os companheiros para perto de si. Ainda abalados, se aproximaram e Marulin não perdeu tempo.

— O que aconteceu, Maxsuz? Nunca vi você daquela maneira!

— Aconteceu de novo, Marulin. Desmaiei após uma rajada de ataques de Ônym. Quando acordei, ele já estava sendo enforcado pelas

CAPÍTULO 19

minhas mãos. Não vi nada, mas imagino que vocês sim. Por favor, digam-me o que aconteceu.

Foi a vez do ferkal contribuir.

— Não se lembra de nada? Você ficou completamente louco e massacrou o rapaz em questão de instantes.

A moça complementou.

— Maxsuz, você e sua espada foram envolvidos por uma energia sombria assustadora. Se o mestre do seu inimigo não tivesse chegado...

Maxsuz ficou consternado.

— O quê? Como isso seria possível? Eu sou um alkaguírio da luz...

— Quando você matou aquele soldado que tinha intenção de fazer coisas nefastas comigo, seus olhos estavam rubro-escuros, em vez de vermelho-claros, e você também cegou, ficou alheio a tudo, guiado só pela fúria.

— Eu não sei o que dizer... Será que Wallás pensa que eu sou um alkaguírio da escuridão? Esse tal de Íridus também deve manifestar energia sombria, para ele supor que é o meu saguna. E pelo visto Wallás e Íridus são bem amigos, ou ele não seria tão amigável comigo.

Tenso, o nauri tentava encontrar alguma explicação.

— Não consigo entender. Hollowl disse que cada alkaguírio representaria uma frequência arulal. Como posso manifestar algo diferente da luz? Será que ainda não defini minha frequência arulal e Hollowl se precipitou? Não é possível que eu tenha mais de uma e, pior, completamente opostas entre si.

Marulin teve uma ideia.

— Maxsuz, acho que chegou o momento de esmagarmos o ovo de fenérius. Há perguntas demais a serem esclarecidas, além de um potencial inimigo que não teremos qualquer chance de vencer. Ainda está com ele?

— Nunca o deixaria longe de mim, já que o propósito é justamente ser usado em uma emergência. Está na pequena mochila presa ao meu cinto.

– pegou o ovo e o soltou no ar, para que se espatifasse no chão em vários pedaços, e voltou a falar com os amigos. — A grande questão agora, e que Hollowl nunca respondeu de forma clara, é como ele chegará até aqui a tempo de poder nos ajudar.

— Sendo um saguna como Wallás disse, ele talvez possua habilidades que não podemos imaginar.

O nauri voltou-se ao ferkal.

— As coisas se tornaram perigosas demais, Lírio, e esta missão não é sua. Entenderei se quiser voltar a Icend agora, pois já nos ajudou muito como guia da perigosa montanha.

O Kádoma respondeu com determinação, deixando os dois inhaouls tocados por suas palavras.

— De forma alguma abandonarei vocês agora. Posso não ser um alkaguírio, mas sou um ferkal orgulhoso. Nunca passarei por covarde no momento que os meus amigos precisam de ajuda.

Foi com um sorriso emocionado no rosto que Marulin se manifestou.

— Você é incrível, Lírio. Sou muito grata por tê-lo conhecido.

O senhor retribuiu, retomando a seriedade rapidamente com uma pergunta.

— Muito bem. O que faremos agora?

— Imagino que em Icend você já tenha assistido a encenações para entretenimento, não? Em Métis isso é bem comum. Então é isso, atuaremos. Enquanto Wallás nos considerar aliados, estaremos seguros. Ajam como se fossem meus servos, se necessário. Agora, não temos como fugir disto, e se tudo correr bem, quem sabe ele até nos proteja, caso aquela tropa apareça novamente. O verdadeiro problema é que Ônym me viu tanto na forma de luz, quanto sombra. Se ele contar a Wallás sobre isso, não se sabe o que pode acontecer.

CAPÍTULO 19

— Será uma corrida contra o tempo até a chegada de Hollowl. – asseverou Marulin.

Maxsuz devolveu, percebendo a grande sintonia de dedução que ele e a amiga tinham de forma natural.

— Exatamente, Marulin. Uma coisa é certa: se Hollowl não nos alcançar a tempo, poderemos enfrentar sérios problemas...

O destino do grupo estava selado pelas circunstâncias, desenhado pelos misteriosos personagens que surgiram nas áreas mais altas da montanha de Icend. Tantas perguntas, e o risco de um confronto iminente com seres detentores de poderes desconhecidos, exigiam a presença de um mentor dotado de conhecimento e habilidades que eles não tinham. Por enquanto, cabia a cada um cumprir seu papel cênico para evitar, ou ao menos postergar, uma reação hostil da parte de seu enigmático anfitrião...

A KOLÍDORA

CAPÍTULO 20

Ao fim da primeira edificação, uma pequena escadaria permitia o acesso ao pátio externo. Maxsuz, Marulin e Lírio seguiam imersos nos pensamentos, com os eventos recentes vivos na memória, pesados no coração. Mas era preciso seguir, não havia tempo para longas divagações.

Cruzando o pátio e contornando a torre do Observatório, destacava-se a terceira construção, bem mais danificada que as outras duas, mas, ainda assim, poderia se viver ali, com as compreensíveis dificuldades.

O trio atravessou a passagem antes bloqueada. O alkaguírio do gelo os aguardava de braços cruzados, aparentando estar um pouco aborrecido.

— Demoraram tanto que quase perdi a paciência, mas enfim apareceram. Espero que os seus companheiros tenham entendido tudo o que precisava explicar, senhor Ergin.

— Perdoe-me, mas o sobrenome é Argin. – corrigiu o hizo, com a maior delicadeza possível.

— Claro. - o saguna retrucou com desinteresse. — De todo modo, acredito que já está na passagem de me contar aquilo que o trouxe até aqui, senhor Argin.

— Com toda certeza, senhor Roriat.

O homem de azul, com um olhar esnobe, fez uma sugestão.

— Melhor. Antes disso, peça aos seus "amigos" que busquem uma garrafa de ytrival no armazém daquele prédio ali atrás, à esquerda. Afinal, nós dois merecemos um tratamento especial enquanto conversamos, não acha?

Maxsuz virou-se para os dois companheiros e usou o olhar para requisitar cooperação, sinalizando com a mão para que fizessem o que Wallás pediu. — Vão.

Entendendo a situação, os dois himônus se curvaram e rumaram para o prédio indicado.

— Sentemos no primeiro andar desta torre, onde há mesas e cadeiras de pedra, um ótimo lugar para desfrutarmos a nossa bebida. – o saguna guiou o caminho para dentro da construção central. — Este Observatório era algo incrível enquanto ainda funcionava. Eu mesmo acompanhei a construção. Ele me traz uma sensação de lar que não encontrei em nenhum outro lugar. Afinal, essa terra é tão congelada e esquecida quanto eu... – o saguna deu uma pequena risada triste, enquanto os dois subiam as escadas de pedra em forma de espiral rente à parede. — Irônico, não acha?

Maxsuz tentou manter a compostura. Por dentro, sentia-se confuso, e pensou:

Como pôde ter acompanhado a construção?

Pela percepção do nauri, o lugar tinha no mínimo mais de um século e, mesmo assim, seu interlocutor aparentava ser um homem no ápice do vigor físico.

Calou os pensamentos e, em voz alta, respondeu sobre a pretensa ironia.

— Sim, senhor Roriat, parece irônico.

— Gostei de você, senhor Argino... – o homem de azul "errou" o sobrenome de seu visitante outra vez.

— Argin, senhor. – parecia até que Wallás errava o nome intencionalmente só para provocar o garoto.

CAPÍTULO 20

— Isso mesmo... Gostei de você, senhor Argin. Você é um darídu de classe, educação e respeito, algo que meu pupilo nunca chegou perto de ser. Invejo a sorte de Íridus. Bom, chegamos.

A escadaria acabou, seguida da pequena área de mesas e cadeiras, como o saguna descrevera. Ele tomou assento e sinalizou para que Maxsuz sentasse à sua frente, enquanto relaxava.

— Diga-me, senhor Argin, como derrotou meu darídu aparentemente com certa facilidade, gostaria de saber mais a respeito do seu treinamento com Íridus. O que ele já te ensinou?

O tom de voz do anfitrião parecia levemente investigativo, quase invasivo. O guerreiro viu-se a refletir se deveria revelar segredos militares de seu povo. O inhaoul precisou pensar com rapidez em uma resposta coerente.

— Manipulação de minha árula, embora isso seja óbvio, e a técnica fyhrai. Para ser sincero, o poder parece vir mais do potencial que venho descobrindo aos poucos, do que das lições e do treinamento em si.

— Ah, sim, um prodígio, ahm? Vocês, alkaguírios da crueldade, assim como os da luz, têm naturalmente um potencial maior, por algum motivo. O fato é que o poder que mostrou foi o suficiente para que eu o sentisse e quisesse vê-lo pessoalmente. Pode se orgulhar de suas habilidades, Argento. – outra vez o "erro" e educadamente, Maxsuz não deixou de corrigi-lo.

— Argin, senhor.

Wallás não se abalou com a correção e continuou sua sondagem.

— Há bastante tempo não tenho contato com Íridus. Por acaso estou envolvido em seus planos ou é um segredo?

Maxsuz procurou ser sucinto na resposta.

— Na verdade, nem eu sei o que ele pretende.

— Mas é claro. Ele sempre foi do tipo que só revela seus planos para alguém se esse alguém for útil na realização. É estranho que ele se importe com o que acontece aos outros alkaguírios do Baixo Espectro, mesmo que tenhamos sido aliados de guerra em nossa juventude. – o mestre suspirou, reflexivo. — Acredito que deva ser parte da natureza de sua frequência arulal, quase algo incontrolável.

Wallás disse mais.

— Você parece diferente, senhor Argin, talvez porque ainda não esteja em conexão forte o suficiente com a sua árula. Resta-nos esperar para ver, não é mesmo? – ele sorriu de forma sutil e misteriosa.

— Certamente, senhor Roriat.

— Onde estão aqueles seus dois serviçais com a nossa bebida? – a expressão do homem se tornou aborrecida e impaciente.

Maxsuz tratou de reparar o equívoco.

— Eles não são meus serviçais, senhor. Pelo contrário, são amigos de jornada que têm oferecido uma corajosa ajuda.

— Que seja! Ah, lá estão eles. – observou o mestre.

Alguns instantes se passaram e Lírio surgiu acompanhado de Marulin, segurando uma garrafa de ytrival e duas rudimentares taças de metal. — Perdoe-nos pela demora, senhor Roriat. – o ferkal desculpou-se e colocou os objetos sobre a mesa, gentilmente enchendo a taça de ambos e se afastando para perto da escada, junto da moça, a fim de oferecer privacidade aos dois.

— Chegaram no momento certo, senhores. – Wallás bebeu um pouco do ytrival antes de continuar. — Agora, podemos conversar sobre o que realmente interessa: por que está aqui, senhor Argin?

Maxsuz também tomou um gole da bebida para não ser desrespeitoso com a hospitalidade do mestre alkaguírio.

— Ficamos sabendo que há uma tropa de soldados de armadura cinzenta procurando pelo senhor e Ônym. Na última vez que os avistamos, passavam pelo arsenal desta montanha e podem estar a caminho daqui, enquanto conversamos.

CAPÍTULO 20

O semblante do saguna denunciou a surpresa que teve.

— O quê? O que você disse? – levantou-se com tudo, derramando a bebida, enquanto sua expressão mudava novamente de surpreso para irritado. — Por que não me disse logo que chegou? Se forem quem penso que são, mesmo que matemos todos, será apenas o começo de uma caçada interminável. O que, ou melhor, quem quebrou o pacto? – os três presentes entraram em estado de alerta diante da reação intempestiva de Wallás.

— Desculpe, eu tentei contar antes, mas o senhor...

O homem de azul respirou fundo e sentenciou.

— Todos vocês, incluindo o jovem Ônym, estão em perigo aqui. Provocarei uma tempestade de neve para atingi-los no caminho. Isso os retardará e ganharemos tempo. Quando eles chegarem, deixem que eu fale com o líder sozinho. Se ninguém os vir, estarão mais seguros. Vou buscar Ônym e levá-lo ao seu quarto, para que possa se recuperar mais rápido. Comam e descansem enquanto ainda há tempo. – o mestre desistiu da bebida e desceu as escadas com o semblante preocupado, deixando o trio sozinho na torre.

— O que poderia ser tão assustador para deixar um saguna poderoso como ele alterado dessa forma? Quem eram aqueles soldados? – Marulin inquiriu, tensa.

— Ele disse que a tropa em si não é o problema, e mencionou uma caçada interminável... O que seria a caça e o caçador neste caso? – o hizo refletiu em voz alta.

O experiente Kádoma fez a melhor das sugestões.

— Acredito que o mais importante seja fazer como ele aconselhou e descansar um pouco. Talvez seja preciso lutar e, nesse caso, revigorar as nossas energias será positivo!

— Está certo, Lírio. Alimentemo-nos o mais rápido o possível, para que tenhamos mais tempo de descanso.

Quinze passagens se foram e Aliminnus havia desaparecido. Durante esse período, a nevasca tornou-se monstruosa, como Wallás disse que faria. Na construção atrás da torre, os três amigos dormiam em bancos de pedra, perto de uma lareira acesa, utilizando as mochilas como travesseiros. Enquanto isso, o Altin permanecia em seu quarto, onde seu mentor o deixara inconsciente, se recuperando da recente derrota.

Do lado de fora, um vulto saiu do meio da nevasca, caminhando sem dificuldade pela tenebrosa tempestade branca, adentrando o prédio dos fundos passo a passo, até encontrar o trio que descansava ao calor da lareira. Maxsuz deu um pulo quando sentiu a mão que lhe tocava o braço.

— Levantem!

Era o saguna que estava de volta. Os três despertaram simultaneamente e o mestre contou o que sabia. — Em breve eles chegarão. Ônym ainda não está em condições de deixar a cama, então quero que vocês estejam alertas. Eu vou esperar a tropa no saguão. Não venham ou talvez morrerão. – o alkaguírio da tristeza deu meia-volta e se retirou sem dizer mais uma palavra sequer.

— Deixem nossas coisas aqui, exceto pelas armas. – o Argin levantou-se e prendeu a espada embainhada ao cinto.

— Do que está falando, Maxsuz? Wallás foi claro. Devemos permanecer escondidos. – a jovem retrucou, embora fizesse o mesmo que o seu companheiro.

O nauri foi contundente.

— Não, Marulin. O que Wallás deixou claro é bem pior: esses indivíduos são uma ameaça enorme. O que acontecerá se ele não conseguir conversar com o líder da tropa? Acha que conseguirá lutar sozinho contra quase trinta soldados? E tem mais, Wallás pode ter sido só grosseiro quando

CAPÍTULO 20

vocês dois estavam presentes, mas quando estávamos só eu e ele, pude ver mágoa e bondade. Ele não é maligno. Apenas triste, como a sua frequência arulal demanda, e eu não posso deixá-lo morrer sozinho. Fiquem escondidos, se acharem melhor. Não vou julgá-los por isso.

O Kádoma opinou.

— Por mais que ele tenha agido conosco como um verme, Marulin, tenho que concordar com Maxsuz. Até porque, nesse território inóspito, se Wallás for morto não teremos a mínima chance também.

A moça respirou fundo e aquiesceu.

— Está bem. Vamos até o saguão, mas ficaremos escondidos nas sombras, enquanto estiver tudo sob controle.

Maxsuz concordou.

— Este é o plano. Se aparecermos antes, há o risco de comprometer tudo, já que existe a chance de o conflito ser resolvido pacificamente.

— Agora que estamos decididos, vamos antes que seja tarde. – o ferkal alertou.

Vinte e seis soldados em célere marcha atravessaram as portas gigantes e entreabertas do Observatório, a maioria segurando lampiões, e adotaram uma formação circular para recepcionar aquele que parecia ser o seu capitão, homem de uns 40 ciclos que chegou logo depois, posicionando-se ao centro do círculo.

Wallás aguardava os soldados sentado ao lado da estátua, com a garrafa de ytrival e as taças de antes. Conforme combinado, o trio escondia-se na penumbra de um dos acessos entre o pátio e o salão, espiando o encontro.

O clarão tremeluzente dos lampiões revelou Wallás nas sombras e a tropa inteira parou ao simples gesto de mão do seu líder.

O saguna procurou ser amistoso.

— Senhores, sejam bem-vindos! A que devo a visita? Vieram fazer uma checagem, verificar se as coisas estão de acordo?

— Wallás Roriat... Permita apresentar-me: sou o capitão Relisaq. Devo dizer que estamos procurando você há um bom tempo. Sinceramente, aqui deveria ter sido o primeiro lugar a se procurar, considerando o quanto você combina com o ambiente. Mas a questão não é esta, tampouco estamos aqui para "fazer checagem". Um da sua raça quebrou o pacto secular e viemos conduzi-lo à prisão, senhor Roriat.

Como o capitão percebeu que o guerreiro gelado não se entregaria de bom grado, insistiu na pressão.

— Parece que, mesmo depois de todo esse tempo, vocês alkaguírios não entenderam como o novo mundo funciona. Renda-se e venha conosco, ou considere iniciada a caçada. – logo que Relisaq cessou sua fala, a expressão de Wallás tornou-se decepcionada.

— Deixe-me ver se entendi: vieram prender-me, sem ao menos levar em conta que tenho permanecido em reclusão por todos estes séculos?

Maxsuz, Marulin e Lírio entraram em estado de choque ao ouvirem o que o saguna havia dito. Cochichando, o jovem perguntou aos dois.

— E-Ele disse... Séculos...?

O líder do pelotão continuou.

— Vocês sabiam como o pacto funcionava. Não importasse quem fosse o culpado, se um dos alkaguírios se revelasse ao mundo novamente, seriam todos condenados à morte. Íridus Gerato atacou a capital de Métis, Áderif, destruiu o castelo da cidade, feriu civis com fogo negro e sequestrou o hizar.

Wallás ficou visivelmente transtornado pela revelação.

CAPÍTULO 20

— O quê... Aquele desgraçado...

Os inhaouls ficaram ainda mais perplexos.

Marulin começou a tremer. Maxsuz contraiu os músculos e pressionou os dentes, tentando ao máximo não perder a cabeça.

— Íridus é o dákron e Wallás o conhece.

Relisaq prosseguiu, cada vez mais intenso em seu discurso.

— Seus crimes são imperdoáveis e só mostram que alkaguírios são uma praga remanescente que merece ser erradicada toda vez que nasce, antes que cresça e mate tudo ao redor. Temos conhecimento de que há uma nova geração de alkaguírios surgindo e eles pagarão o preço por sua insolência!

O Roriat grunhiu, pensando em seu darídu e em seu visitante.

— Eles não têm nenhuma parte no que aconteceu nas Guerras Alamandas. Deixe-os em paz, e irei com vocês.

— Nós dois sabemos que não existe essa possibilidade. O pacto dita as regras e as consequências de forma bem clara. Uma vez quebrado, todos os alkaguírios devem ser erradicados de Seratus. É isso que pretendemos fazer.

O guerreiro da tristeza fechou os olhos, respirou fundo, levantou-se e começou a andar lentamente em direção à tropa, retirando de seu cinto um pequeno tubo de metal branco, de onde um cristal em formato cilíndrico escorria pelas extremidades.

— Então os senhores não me deixam outra escolha. – o mestre abriu seus olhos azul-claros radiantes e com pupilas verticais, no mesmo instante em que o cristal foi estendido significativamente em ambas as direções, virando um bastão. — Terei que acabar com todos vocês agora... – ele parou e se posicionou para o combate. — Que a caçada comece!

Sem demonstrar medo algum, o capitão bradou, motivando seu agrupamento.

— A Kolídora não será intimidada por um alkaguírio. Fomos treinados a vida inteira para o combate contra a sua raça!

Um par de olhos rubros-reluzentes surgiu da escuridão, poucos legros atrás do saguna, desafiando o militar e seu grupo.

— O que acha de dois alkaguírios, então? – o hizo se posicionou ao lado do guerreiro do gelo, com a alkálipe em mãos rodeada de uma chama negra cujo efeito se mostrava interessante: o tom enegrecido do fogo praticamente fazia a arma desaparecer nas sombras, como se Maxsuz estivesse empunhando uma poderosa labareda.

O mestre ficou surpreso com a aparição do rapaz, que contrariava sua orientação anterior.

— Maxsuz... Você...

— Eu ouvi tudo. Não fui criado, nem treinado para me esconder. Se eles pretendem matar a todos nós, prefiro morrer lutando do que sobreviver fugindo. - respondeu, demostrando sua determinação.

O líder da tropa reagiu à chegada do jovem alkaguírio, que somava forças com o mais experiente.

— Por um momento, achei que fosse Íridus, mas um darídu não tem a mínima chance. Além disso, acho que ainda não entenderam a gravidade da situação. Mesmo que consigam matar cada soldado nosso, apenas confirmarão para o resto da Kolídora que merecem ser caçados com a plenitude de nosso armamento assassino de alkaguírios.

Wallás manteve o brio e aumentou o tom.

— Receio informar que se alguém pode ficar tranquilo, somos nós. Faz tanto tempo que os senhores não presenciam uma demonstração de poder dos alkaguírios e provavelmente se esqueceram do que somos capazes. Trouxeram apenas essa quantidade medíocre de soldados e pretendem me derrotar? Fico até ofendido, pois devem ter esquecido que eu matava centenas

CAPÍTULO 20

sozinho no campo de batalha. Em outras palavras, em nenhuma hipótese imaginável vocês têm chance de vencer. Mas se a arrogância é tão grande que rivaliza a de Zógam, podem vir à vontade.

A fala do Roriat aborreceu intensamente o capitão.

— Você subestima o poder da Kolídora. Nosso arsenal é ilimitado e seu destino está selado! Tropa, atacar! – gritou o oficial aos soldados, que partiram para a investida.

— Excelente escolha. Testemunhem o retorno dos alkaguírios à sua grandeza! – disse o guerreiro gelado, oferecendo um olhar entusiasmado para o garoto ao seu lado.

Uma quantidade enorme de hastes pontiagudas cristalinas, como grandes espinhos, começou a surgir da superfície de sua alkálipe, deixando a arma com aspecto aterrador. Os soldados puseram seus lampiões ao redor do salão, buscando iluminar o local ao máximo possível.

Os primeiros três soldados que chegaram até Wallás sacaram as armas e iniciaram o ataque combinado. Ele, porém, não teve dificuldade para afastar o primeiro, desferindo um chute com a sola do pé que acertou em cheio o estômago do inimigo, jogando-o contra uma pilastra com tanta força que o impacto arrancou pedaços da pedra.

Aterrorizado, o segundo soldado estagnou por um instante, observando o companheiro massacrado por um só golpe, e nem percebeu o bastão espinhoso que atingiu sua cabeça por cima, levando-o brutalmente de rosto ao chão.

Maxsuz fez menção de ajudar no combate com os três soldados, mas o Roriat, com a mão, fez um gesto de "pare" e disse:

— Alto lá, garoto. Permita que eu me divirta com esses três.

O terceiro, que vinha pela frente, teve seu golpe desviado e recebeu do bastão de Wallás um impiedoso contragolpe em sua perna, tão forte que a quebrou. O alkaguírio em seguida chutou a cabeça de seu inimigo, esmagando o capacete.

O saguna retomou sua posição de combate e provocou os demais soldados.

— Vamos! Sem que todos me ataquem ao mesmo tempo, não tem graça! Entretanto a ordem do capitão foi uma ofensiva dividida.

— Foquem no darídu, enfrentarei Wallás sozinho! – e sacou sua espada, caminhando bravamente em direção ao oponente.

— Eu não esperava menos que isso. – disse Maxsuz.

De onde estavam escondidos, Lírio e Marulin assistiam, agitados. O ferkal fez um gesto, um movimento que indicava estar pronto para o enfrentamento. Marulin sussurrou, para que os soldados não escutassem.

— Tem razão. Não há mais motivo para ficarmos aqui, só assistindo. Seremos bem mais úteis em combate. Vamos!

O Argin grunhiu como um guerreiro, percebendo a gravidade da situação, momento em que os dois amigos apareceram ao seu lado, sacando suas armas. O Kádoma passou confiança.

— Você não está só, Maxsuz. Estaremos aqui até o fim, se for o caso.

— Pois bem, preparem-se! – o hizo exclamou.

Os três guerreiros a postos afastaram-se uns dos outros. A maioria dos soldados atacou o jovem alkaguírio, e dois deles enfrentaram os demais. O Argin não buscou confrontar seus adversários corpo a corpo. Em vez disso, estrategicamente recuou com rapidez e de um só salto, lançou um poderoso fyhrai sombrio, difícil de ser visto sob a fraca iluminação, mas duramente sentido pelos soldados. A fúria da técnica cortante atingiu quatro inimigos em cheio, sem chance de reação, fazendo-os cair instantaneamente sem vida. No mesmo instante, um novo grupo de oponentes o rodeou para o próximo embate.

CAPÍTULO 20

Na disputa vizinha, Lírio e Marulin se esforçavam contra os habilidosos adversários. O saguna, por sua vez, só bloqueava os ataques de Relisaq, o mais preparado dos inimigos, e prestava mais atenção aos seus aliados do que ao seu oponente.

De repente, a inhaoul acabou caindo enquanto recuava para se defender e, quase ao mesmo tempo, o ferkal foi desarmado. Antes que um deles fosse vitimado pelos dois soldados que os confrontavam, estacas de gelo se cravaram no pescoço de cada inimigo.

Os himônus salvos olharam para a direção de onde vieram aqueles projéteis e notaram Wallás retornando seu braço direito, antes estendido, sem sequer ter olhado de modo direto para os soldados abatidos.

Incrível! – disse a garota impressionada.

Maxsuz combatia cinco guerreiros de uma só vez, prevendo seus movimentos, reagindo a tempo com os olhos cintilantes mesmo quando o inimigo se posicionava atrás dele. Na oportunidade certa, o Argin empregou a mesma técnica que matara o cratório há uma rotação atrás, estendeu o alcance da lâmina de sua alkálipe e, com um ataque circular, cortou as armas inimigas ao mesmo tempo em que feriu mortalmente os soldados.

Logo que tombaram os adversários, várias facas foram arremessadas por outros soldados e atingiram o corpo de Maxsuz, que gemeu de dor, mas se manteve de pé. Pelo canto dos olhos, viu um inimigo que investia contra Marulin. Esfaqueado e testemunhando a amiga em perigo, sua frequência arulal mudou. Os olhos clarearam, mudando de tonalidade, e a energia a rodear sua alkálipe tornou-se uma forte fonte de luz, de modo que os soldados, o capitão e o saguna petrificaram-se, incrédulos.

Quem realmente é você, Maxsuz Argin? – pensou o mestre do gelo.

LENDAS VERDADEIRAS

CAPÍTULO 21

O líder da tropa não conseguiu esconder seu assombro.

— O que está acontecendo aqui, Wallás? O garoto possui duas frequências arulais?

Com a nova e potente manifestação de sua árula, o Argin expulsou as facas com uma breve onda de energia que saía de todo o seu corpo e, em alta velocidade, alcançou o oponente próximo de Marulin, atacando-o com uma poderosa investida de ombro, o que fez o guerreiro ser lançado longe e bater contra uma parede do salão.

— Marulin, você está be... – ele dizia, estendendo a mão à garota, porém não teve tempo de terminar a pergunta.

No exato instante que Marulin era ajudada pelo hizo, a entrada do saguão foi abaixo com a chegada de um dákron branco que aterrissou no piso do salão, causando uma espécie de terremoto. A criatura de sete legros de altura, quinze de comprimento e envergadura, do mesmo porte do dákron que atacara Áderif, tinha dois chifres retos e extensos que faziam sua cabeça parecer ainda maior. Suas crinas de luz caíam sobre o corpo do começo do pescoço até a ponta da cauda, como se fossem pelos, sendo que o tom da luz era mais irradiante no lombo e menos reluzente nas demais áreas. O dákron trazia também uma gema vermelho-clara reluzente no peito e o tom de seus olhos eram iguais aos do hizo, naquele momento. De ambos os lados do combate, todos os guerreiros se assustaram com o vigor da besta.

O vento poderoso da nevasca e o impacto da entrada do dákron apagaram os derradeiros lampiões acesos, e o salão se tornou trevoso. As únicas fontes de luz vinham da espada de Maxsuz e das crinas da fera. Não fosse pelo terror de enfrentar inimigos quase na escuridão total, até se poderia ver alguma beleza no espetáculo de luz que vinha da alkálipe e do dákron. No entanto não havia tempo para apreciações.

— Você... Já entendi tudo! – Wallás ficou furioso e usou a mão para golpear o capitão, jogando-o longe.

O saguna da tristeza aumentou ainda mais os espinhos de cristal em sua alkálipe e a posicionou à sua frente horizontalmente, na altura da garganta. O dákron pálido rugiu de maneira estrondosa, formando um eco assustador que fez todos estremecerem. Logo em seguida, disparou uma rajada de energia branca nos soldados restantes, arrasando a maioria deles com o puro poder.

O Argin segurou a mão da amiga. A alkálipe já estava se apagando quando correram para trás de uma pilastra, agora às trevas. Lírio fez o mesmo do outro lado do saguão.

A criatura caminhou um pouco mais para dentro da construção, procurando destruir o que sobrava da tropa da Kolídora. Subitamente, da região escura do salão, uma explosão de luz azul-claro irradiou em todo o ambiente por cinco instantes.

A explosão reluzente marcava a chegada de um dákron azul-celeste, com dois chifres no crânio e outro no focinho. Suas crinas eram formadas por estalagmites de gelo, brilhando na frequência da tristeza e percorrendo seu dorso. Essas belas crinas eram menores no pescoço e na cauda, bem maiores no tronco. Os olhos eram de um azul mais

CAPÍTULO 21

claro e radiante, com pupilas verticais, com uma gema de tom azul-celeste no centro do peito.

A fera saltou sobre o outro dákron com um rugido e as criaturas se arrastaram para fora do salão, rumo ao abismo, travando uma luta de titãs. O trio estava boquiaberto pela súbita aparição da segunda criatura alada.

Logo que as feras deixaram o saguão destruído, um desconfortável silêncio reinou, rompido somente pelo uivo da tempestade que invadia o espaço. Lentamente, eles saíram do esconderijo e se juntaram.

Foi o Kádoma, temeroso, quem falou primeiro.

— Estamos todos bem, no fim das contas. Aquelas são as bestas que chamam de dákrons? Agora entendo perfeitamente como uma delas foi capaz de destruir a Fortaleza Silécia.

O hizo demonstrou seu incômodo.

— Isso tudo não faz sentido. Esse segundo dákron, o azul... Não tinha como uma criatura daquela ter entrado aqui sem que ninguém a percebesse. O primeiro dákron, com certeza, era da luz, enquanto o outro, do gelo.

— Por falar em gelo, onde está Wallás? – a garota questionou, olhando ao redor.

— Ele desapareceu e, além disso, quebramos o ovo de fenérius há meia-rotação... Não... Não pode ser... Será que... – Maxsuz sentia-se perplexo.

— Alkaguírio! Híbrido! – o capitão berrou, próximo ao buraco gigantesco do saguão, com uma mão no peito e a testa sangrando. — Como se não fosse híbrido o suficiente só com o seu sangue. Sua sorte é que não estávamos preparados para enfrentar vários alkaguírios de uma só vez. Deixa estar, você ainda sofrerá pelas mãos de Relisaq, eu garanto. Tropa, recuar! – os poucos guerreiros restantes recolheram armas e correram junto ao seu líder para o lado de fora do Observatório. Não tardou para que desaparecessem na nevasca.

— Já vão tarde, seus vermes! – Lírio não deixou de protestar.

Híbrido com o meu sangue? O que ele quis dizer com isso? – pensou Maxsuz.

Enquanto os soldados partiam e o trio refletia, a batalha de gigantes transcorria em paralelo. Os dois dákrons despencavam do pico da montanha, atacando-se entre patadas e mordidas, até que chegaram ao platô do arsenal e caíram no lago de lava. Porém, cinco instantes depois, as criaturas emergiram do magma sem qualquer ferimento, e ficaram uma de frente para a outra.

A fera azulada ergueu a cabeça, abriu a bocarra composta por dentes enormes e afiados, passando a concentrar uma esfera de energia azul-celeste, emanando raios de luz para todas as direções. Como resposta, a criatura pálida iniciou o processo de criação do próprio núcleo de energia branca entre suas presas.

Uma vez preparadas, as bestas dispararam uma rajada de pura energia em direção à outra. Os ataques colidiram violentamente, causando uma forte explosão que lançou grandes quantidades de lava para todos os lados e fez a montanha inteira tremer.

Assim que os feixes luminescentes se apagaram e a fumaça causada pela explosão se dissipava, os dákrons saltaram para a área do platô ainda coberta de neve, e passaram a andar em círculos, rosnando, se estudando, escolhendo o instante certo de atacar.

Quando a montanha tremeu, o trio que estava no saguão destruído caiu e alguns pedaços do teto também desabaram, felizmente sem os atingir. O estrondo foi quase ensurdecedor.

— O que foi isso? – gritou Marulin.

— Deve ser o efeito da batalha entre os dákrons! – o Argin deduziu.

O ferkal, sempre bom conselheiro, alertou sobre o que viria.

— Parece que o lugar inteiro vai desabar, temos que sair daqui agora!

CAPÍTULO 21

Ninguém discordou e os três se levantaram às pressas, fugindo da área de risco.

Antes que pudessem chegar ao pátio, a passagem de acesso desmoronou. Um bloco de pedra despencou sobre eles e os teria esmagado, não fosse o reflexo de Maxsuz, que puxou os dois himônus com força, afastando-os da zona de colisão. Os três tombaram em segurança e ficaram com apenas alguns arranhões.

Um segundo tremor impactou o ambiente. Embora mais fraco do que o primeiro, deu-se pela presença das duas feras gigantes que adentraram o saguão lado a lado, antes que qualquer um dos três companheiros tivesse a chance de se levantar.

Não mais a lutar, as duas criaturas pararam a alguns legros de distância do trio e, parecendo até mesmo algum tipo de alucinação dos himônus, cravaram com violência uma das garras nos próprios peitos, arrancando as gemas de seus corpos. Um clarão de luzes branca e azul-celeste preencheu o que restara do salão, e quem surgiu na posição onde antes estavam os monstros foram Wallás, segurando sua alkálipe já encolhida ao cilindro metálico original, de braços cruzados e olhos fechados; e o Zul, com o seu grande machado nas mãos brilhando como uma fogueira, e vestido com um uniforme e manto igual ao do Roriat, porém de couro negro em vez de cinzento, além do tecido de capa branco com detalhes em preto.

Os jovens e o ferkal ficaram em choque, cada qual sem conseguir fechar a boca.

— Ho-Hollowl... Você... – o Argin, com extrema dificuldade, conseguiu dizer apenas isso.

— Por sorte, encontrei-os a tempo. Não sei o que teria acontecido se eu não tivesse chegado antes.

— A entidade da montanha... Era Wallás... Sempre foi... – Lírio constatou.

— Mas... Se eles são dákrons, isso quer dizer que... – Marulin raciocinava.

Maxsuz se levantou. Furioso, selou o que sua amiga estava deduzindo e gritou, fazendo o saguna da luz fechar os olhos e virar a cabeça para o outro lado, visivelmente constrangido.

— ... Que a criatura que atacou Áderif e sequestrou o meu pai não era nenhuma besta lendária, mas um alkaguírio como você, Hollowl!

Não conseguindo conter sua raiva, continuou.

— Íridus Gerato é o seu nome. Daquele maldito que jurei matar, o saguna da escuridão, e você sabia disso desde o começo, não é mesmo Hollowl? Diga-me agora o porquê de ter escondido tanto de mim. Diga! – os olhos do darídu se tornaram rubro-escuros outra vez.

O mestre de branco sentiu a mudança na árula do garoto e imediatamente focou nele de novo, assustado.

— Surpreso, Hollowl? Pois eu e a tropa da Kolídora também ficamos quando vimos acontecer pela primeira vez. – o alkaguírio da tristeza se aproximou dos outros dois. — Não faço a mínima ideia de como é possível, mas o pequeno Maxsuz Argin aqui possui duas frequências arulais dentro de si: da compaixão e da crueldade. São opostos absolutos que nunca poderiam, mas, por alguma razão, se uniram.

Wallás expôs seu ponto de vista.

— Mais do que isso, as frequências arulais parecem estar completamente conectadas às emoções dele. Minha teoria, baseada no que vi, é a seguinte: quando está com a intenção de proteger, salvar ou fazer o que é certo, sua árula se torna a da luz. Quando a raiva ou a necessidade de matar prevalecem, sua árula transmuta para sombria, como agora. Ele não sabe controlar ainda o próprio poder, então as mudanças são inconscientes.

CAPÍTULO 21

O jovem diminuiu sua inquietação com toda aquela explicação de Wallás, mas a substituiu por uma imensa curiosidade no lugar.

— Isso tudo é verdade? Realmente não é normal que eu tenha duas frequências arulais distintas? O que isso significa?

— O que senti quando tentou despertar sua árula na Floresta Anderina era o que temia: há realmente trevas em você, Maxsuz. Nunca, na história registrada dos alkaguírios, surgiu alguém que apresentasse essa condição. – o Zul se virou para o outro lado por um momento, com a mão no queixo, enquanto pensava, e retomou. — Não contei detalhes sobre Íridus justamente por temer que se o encontrasse durante seu desenvolvimento, poderia ser convertido em um alkaguírio da crueldade, como temi ao sentir aquela presença de escuridão em você.

O saguna da compaixão continuou.

— Mas... Agora que sabe tudo o que eu quis manter longe de você, não há porque guardar mais segredos... – e se voltando para o anfitrião. — Wallás, se possível, gostaria que pudéssemos passar o roten aqui. Há muito para discutirmos ainda.

— Com toda certeza. Algo inédito como isso não me ocorre há eras. Fecharei o buraco imenso que você criou quando entrou aqui e poderemos comer alguma coisa próximos à lareira do prédio detrás da torre. Por favor, sintam-se à vontade e podem ir na frente.

A parte de trás do Observatório, por ficar distante de onde aconteceu todo o agressivo combate, embora naturalmente mais danificada, permanecia intacta.

— Muito obrigado, Wallás. Isso tudo mostra que os Espectros não são rígidos como parecem. Maxsuz, Marulin e... – o saguna alvo olhou para o ferkal que desconhecia, já em pé ao lado da garota há muito tempo, e apenas escutando a conversa entre alkaguírios.

— Lírio Kádoma, senhor Zul. Estou honrado por conhecer um ser tão poderoso e respeitável quanto o senhor. – o himônus fez uma reverência ao mestre.

— Muito bem. Maxsuz, Marulin e Lírio. Vamos para o prédio nos fundos. Há muito para ser devidamente explicado e respondido.

O PASSADO DESVENDADO

CAPÍTULO 22

Mais tarde no roten, Maxsuz e seus companheiros estavam sentados nos bancos de pedra em frente à lareira, aguardando os dois sagunas chegarem, ansiosos para aprender mais sobre os alkaguírios e seus verdadeiros poderes. No entanto quem apareceu foi Ônym, o darídu que se recuperava, vindo lentamente dos quartos do edifício, surpreso por eles ainda estarem no Observatório.

— O que ainda estão fazendo aqui? – o Altin questionou, exaltado.

O inhaoul levantou-se rapidamente, pôs a mão no cabo de sua alkálipe embainhada e se impôs.

— É melhor se acalmar. Foi uma longa rotação e não queremos causar mais problemas.

— Me acalmar? Você quase me matou, seu desgraçado!

— Cale a boca, Ônym. São nossos convidados agora. – o Roriat ordenou, adentrando o local ao lado do mestre alvo que trazia Agnar, seu fenérius, sobre o ombro.

O hizo voltou a sentar-se após a chegada dos guerreiros superiores.

— O... O quê? Esse é... – ao ver o homem de branco, o darídu do gelo ficou sem palavras.

— Hollowl Zul, o alkaguírio da compaixão da segunda geração. Acredito que já o mencionei durante o seu aprendizado.

— É um prazer, meu jovem. Por favor, sentem-se todos. – o apresentado disse, com um sorriso simpático no semblante.

O garoto de azul olhou para o seu mentor, que balançou a cabeça, sinalizando para que ele obedecesse ao que o outro saguna pedira. Contrariado, Ônym sentou-se em um banco, de braços cruzados. Wallás postou-se ao seu lado, enquanto o alkaguírio da luz foi para o assento central, ficando quase à mesma distância do trio e da dupla anfitriã.

Hollowl indagou para o grande guerreiro azul-celeste.

— Isso não lhe traz lembranças de outros tempos? Nós dois juntos, como aliados?

— Aliados? Ao que parece, voltamos a ter um inimigo em comum. Apenas isso. Não pense que nos tornamos amigos de forma alguma... – replicou o alkaguírio da tristeza, tentando parecer distante.

Marulin procurou atenuar o clima de animosidade.

— Então vocês se conhecem há bastante tempo, certo? Adoraríamos ouvir algumas boas histórias.

— Hum... Explicar tudo o que aconteceu entre nós seria complexo demais para alguém como você, que nada sabe sobre alkaguírios. Nem mesmo o seu amigo, Maxsuz, parece ter a exata consciência de sua condição especial. Não ensinou nada ao seu darídu, Hollowl?

O Argin comentou, encarando seu mentor.

— Muito menos do que deveria, aparentemente.

O saguna da luz não se abalou com aquela cobrança pública.

— Seu treinamento mal começou. Você sabe, Wallás, quão longa é a jornada para talvez numa rotação ser de fato reconhecido como guerreiro arulal. Só aqueles verdadeiramente determinados e, frise-se, pacientes, terão a chance de alcançar o conhecimento pleno.

Hollowl não deixou de justificar.

CAPÍTULO 22

— Além disso, ele não ficou sequer uma rotação inteira comigo, para que eu pudesse explicar tudo apropriadamente. Com uma missão a cumprir e sem tempo a perder, só tive tempo de ensiná-lo a manifestar sua árula pela primeira vez. O resto, ele desenvolveu sozinho ao longo da jornada.

A surpresa do Roriat ficou clara.

— O quê? Está me dizendo que ele desenvolveu o fyhrai, o ryuko e reuniu tanta reserva de árula sem receber treinamento apropriado?

— Ryuko? O que é isso? – o inhaoul interrompeu.

Wallás explicou.

— A técnica que utilizou contra os soldados da Kolídora, envolvendo a alkálipe com uma camada afiada de árula condensada, aumentando o alcance de sua espada. Pelo jeito, é tão natural para você que nem mesmo sabia o nome da habilidade usada.

— Então já aprendeu o ryuko? – o Zul ficou igualmente surpreso. — Interessante. Considerando que eu apenas havia mostrado o fyhrai, é um avanço considerável.

O saguna do gelo comentou.

— Parece-me que a cada geração surgem coisas novas. Quem sabe ele não tem o potencial de um Dibassa ou de uma Malvi?

— Sim... Pode ser... – ao ouvir aqueles nomes, o mestre alvo ficou claramente entristecido.

— Dibassa e Malvi? Quem são essas pessoas? – o Argin questionou.

— Alkaguírios já falecidos...

O Roriat refletiu em voz alta.

— Faz-me pensar se não haveria mais um como você, Maxsuz, sendo que a novidade da segunda geração veio em uma dupla.

— Talvez não senhor. Percebi em nossa luta que ele... – o Altin raciocinava.

Wallás o interrompeu.

— Sabemos que ele possui tanto a árula da luz quanto a da escuridão.

— Não era o que eu ia dizer. Pelo contexto da conversa, presumi que sabiam disso. Acontece que, em nossa luta, eu o havia derrotado com sua árula da compaixão. No entanto, logo antes de finalizá-lo, ele despertou seu poder sombrio e foi para um outro nível de força. Por isso, me derrotou. Suas trevas parecem ser muito superiores à sua luz. Para mim, ele não passa de um alkaguírio das trevas com crise de identidade.

Hollowl ficou ainda mais apreensivo.

— Bom, estamos confundindo os três aqui, com toda essa nossa discussão. - disse, apontando para os inhaouls e o ferkal. — Comecemos por explicar todas as frequências arulais existentes.

— Um ponto de partida apropriado. - comentou o Roriat.

Hollowl se encarregou da explicação.

— Como devem saber, as frequências arulais são manifestações de sentimentos himônus. Elas também se manifestam como elementos da natureza e possuem uma cor que representa cada uma. Todos os himônus, claro, podem apresentar qualquer emoção, mas um alkaguírio consegue materializar uma delas em verdadeira energia para afetar o mundo exterior. Utilizando o dom alkaguírio, podemos expandir nossa árula para muito mais do que o corpo e a utilizar como fonte de poder. Espalhados por Seratus, existem oito alkaguírios anciãos, ou sagunas, se quiser chamá-los assim. Cada um deles, ou melhor, de nós, ressona em uma frequência arulal diferente. Isso ocorre de diversas formas. O fyhrai, por exemplo, é um tipo de materialização de árula sob a conformação de energia pura. Mas há outras possibilidades, como a elemental. Paralelamente ao que acontece aos himônus, na natureza as variações de frequência arulal correspondem a diferentes elementos, como o ar, o fogo, o gelo. Assim, de acordo com a frequência arulal em que um alkaguírio ressona, poderá ele substancializar

CAPÍTULO 22

seu poder sob a forma de um determinado elemento físico ou de outro, chamado elemental.

— Ônym já nos deu uma demonstração dessa habilidade... – resmungou Marulin, recordando-se de ter ficado presa por uma trilha de gelo.

— Aquilo não foi nada perto do que posso realizar. – gabou-se o darídu azul-celeste.

Maxsuz mal conseguia conter a empolgação. De repente, um mundo totalmente novo descortinava possibilidades jamais imaginadas.

— Não se esqueça dos olhos, Hollowl. – lembrou Wallás.

— De fato, é importante. Talvez o principal e mais rápido meio de se identificar um alkaguírio seja através de seus olhos. Quando cada "espécie" de alkaguírio ativa sua árula, os olhos transmudam e adotam pupilas em fendas verticais, mas com írises brilhantes, de cores distintas. Assim, considerando as diferentes frequências arulais, temos o seguinte:

— O Alto Espectro -

I - Amor - Fogo: aquece e consome. Nunca se apaga definitivamente. Alastra-se. Olhos laranjas;

II - Compaixão - Luz: é a nossa frequência, Maxsuz, embora não seja sua única. A fonte da vida, inapagável e purificadora. Olhos vermelho-claros;

III - Felicidade - Água: não se deixa abalar pelos obstáculos. Parece inofensiva, mas sua falta ou abundância quase sempre é mortal. Seu alkaguírio terá olhos no tom azul-marinho;

IV - Humildade - Ar: é essencial para nossa existência. Se inerte, mal é percebido. Quando em movimento, pode causar imensa destruição. O alkaguírio desta frequência terá olhos espelhados quando sua árula se manifestar.

— O Baixo Espectro -

V - Tristeza - Gelo: a frequência de nosso anfitrião e de seu darídu. Frio, rígido e paralisante. Olhos azul-claros;

— Permita-me um breve esclarecimento. – interrompeu mais uma vez o Roriat. – a frequência arulal não determina necessariamente a personalidade, embora seja uma tendência a ser considerada.

— Ele está certo. Por esse exato motivo, Maxsuz, sua árula sombria não o classifica inevitavelmente como um ser maligno, mas é preciso ficar atento para as tentações. – completou o Zul.

— Entendido... – o rapaz consentiu.

— VI - Arrogância - Relâmpago: a superioridade do céu. Intensidade, imprevisibilidade e dispersão. No chão, o limite. Olhos violetas;

VII - Crueldade - Trevas: Nosso oposto. As sombras da morte são o véu da ignorância e do egoísmo. Olhos vermelho-escuros;

Enquanto o alvo lecionava, um pensamento surgiu na mente do Argin.

Nosso oposto...?

O saguna da compaixão concluiu.

— VIII - Ódio - Magma: combinação de calor e pressão. A força que funde até as rochas. Irmão do fogo, mas, ao mesmo tempo, distante. Olhos castanhos brilhantes;

— Maxsuz, lembra que fomos atacados por um leohand de magma quando chegamos em Osa?! O que era aquilo? – Marulin perguntou.

O saguna gelado sanou o equívoco.

— Vocês enfrentaram um mero constructo esquecido. Um velho conhecido costumava usar esse tipo de truque.

O Argin aproveitou a oportunidade para tirar outras dúvidas.

— Entendido... E, afinal, o que é a Kolídora, e por que ela está atrás dos alkaguírios?

O saguna azul, com um visível incômodo, cruzou os braços e explicou.

CAPÍTULO 22

— Talvez seja o maior erro que nós, ou melhor, que Hollowl e os alkaguírios do Alto Espectro já fizeram. O Baixo apenas consentiu para evitar maiores complicações.

— Está errado. A Kolídora foi responsável pela reconstrução de Seratus como um mundo pacífico, em geral. Ela foi criada para reerguer o mundo das cinzas e garantir que Seratus nunca mais fosse tomada por uma guerra mundial que ameaçasse extinguir toda a vida.

O Kádoma questionou, confuso.

— Reerguer o mundo das cinzas? Guerra mundial? Do que está falando, senhor Zul?

— Ah, Claro. Sempre me esqueço que quase ninguém dos novos tempos sabe algo disso. Teremos que voltar muito no passado de Seratus.

O Zul teve o cuidado de explicar em detalhes a história.

— O mundo já foi mergulhado em caos e morte, numa guerra milenar que envolveu a todos, matando milhões e milhões. Os alkaguírios fizeram parte dela, dos dois lados do conflito, e foram responsáveis por muitas dessas mortes. A guerra terminou quando todos encontraram um inimigo em comum e o venceram juntos. A Kolídora, criada por alkaguírios e himônus, foi a responsável pela vitória. Seratus, então, viu sua primeira rotação de paz em séculos.

O mestre alvo pigarreou e continuou.

— Porém a nova força da Kolídora iniciou uma série de atos para proteger o mundo de seu passado e apagou os registros da história, o máximo que pôde, trocou o alfabeto da língua Otinara, do antigo Osíru, para o novo Náos, para que ninguém, por mais que encontrasse algum texto antigo, pudesse lê-lo. Também dividiu o mundo em países, sendo cada um governado por um dos grupos himônus, assim como confiscou a alta tecnologia da época e retornou a himonidade a um estado civilizatório mais arcaico, acreditando que a limitação de poder certamente manteria o mundo em paz por mais tempo. Nós, os alkaguírios restantes, fomos julgados por todos que matamos durante a guerra. Durante o julgamento, os militares propuseram um acordo, estabelecendo que em vez da pena de morte, os alkaguírios nunca mais poderiam revelar sua existência, poderes ou conhecimentos do passado a qualquer himônus. Nós concordamos por motivos variados e esse acordo ficou conhecido como o Pacto Deliatom. Se o pacto fosse quebrado por qualquer um de nós e a Kolídora descobrisse, ela estaria encarregada de nos exterminar para garantir a paz em Seratus.

Respirou fundo e concluiu.

— A Kolídora se tornou uma organização secular que trabalha nas sombras, manipulando o mundo e buscando impedir que volte ao caos do passado. Ela irá nos caçar incansavelmente por culpa do que Íridus fez e, sendo uma instituição secreta, é possível que nunca saibamos quando ou de onde virá o ataque. Entendam: o que enfrentamos não era nada mais do que uma equipe de busca, uma fração irrisória do potencial bélico que a Kolídora certamente possui após todas essas décadas.

— Mas vocês estavam lá? Quão velhos são vocês? – o Argin ficou curioso.

— Sim, Maxsuz. Eu, Wallás e todos os alkaguírios ainda vivos da segunda geração lutamos na guerra e participamos da primeira formação da Kolídora. Eu tenho 274 ciclos de vida, e imagino que Wallás tenha o mesmo.

— Um ciclo a mais, não que importe muita coisa a essa altura. – Wallás respondeu.

O hizo, a garota e o ferkal ficaram pasmos, boquiabertos, olhando para os sagunas. Hollowl retomou a explicação.

— Nossa idade, assim como a aparência, são o resultado da forma dákron. Uma vez que a árula alcança tal poder, o metabolismo do corpo se torna desnecessário; comer, beber, ou qualquer necessidade física. O corpo simplesmente para no tempo e a vida passa a ser sustentada apenas

CAPÍTULO 22

pela árula. De outra forma, sagunas não envelhecem mais após alcançarem a idade física de trinta ciclos, ápice da espécie himônus. No entanto isso não significa que não possamos morrer. Um alkaguírio pode manipular sua árula de forma completamente consciente, mas isso faz com que ele use até a árula necessária para se manter.

Com uma pequena pausa, prosseguiu.

— Indo ao extremo, nosso corpo começa a se tornar cinzas e, eventualmente, morreremos. Além disso, ainda podemos ser mortos em combate. A árula é o combustível vital. Para tudo o que fazemos, utilizamos parte da reserva arulal, que, após um tempo, recompõe-se naturalmente. Essa reserva nunca pode se esgotar por completo. Ao caminhar, por exemplo, a utilização é tão ínfima que sequer notamos qualquer alteração. Mas quando desferimos um golpe poderoso numa batalha, usamos significativa quantidade de árula, o que pode inclusive afetar a capacidade de defesa em caso de contra-ataque. Da mesma forma, cada golpe que nos atinge diminui a reserva, proporcionalmente à intensidade da agressão. Isso aumenta a necessidade de concentração, pois precisamos escolher o momento certo de investir energia para atacar, além de manter o máximo zelo com a defesa.

— Eu já cheguei a esse ponto de ter cinzas caindo de mim umas três vezes. Mas será que posso alcançar esse poder de dákron? – o Argin questionou, mostrando um pouco de entusiasmo e curiosidade.

— Você, Ônym e todos os novos alkaguírios que devem ter surgido pelo mundo nos últimos quinze ciclos. Mesmo entre os alkaguírios da primeira geração, que eram menos poderosos que nós da segunda, alcançaram a forma dakroniana. Porém conseguiram porque estavam mergulhados em guerra durante toda sua vida. Nos tempos atuais, imagino que só aqueles que se envolverem em rigoroso treinamento poderão liberar o próximo nível.

— Afinal, quantas gerações de alkaguírios existiram? – a moça inquiriu e o Roriat explicou.

— Três, contando a de seu amigo e meu darídu. A primeira foi a de nossos sagunas, cento e vinte ciclos antes da nossa, nascidos em aproximadamente 2600. A segunda somos eu, Hollowl e os outros sagunas ainda vivos. Após encontrar Ônym, e agora Maxsuz, creio que uma terceira geração inteira está surgindo por Seratus, com um novo darídu de cada frequência arulal.

Hollowl acrescentou.

— Veja, tanto a reserva arulal quanto a capacidade de recomposição são diferentes para cada alkaguírio e podem ser desenvolvidas com muito treinamento. Com o tempo, Maxsuz, você não terá mais dificuldades para realizar técnicas e outras habilidades.

O mestre da compaixão foi adiante.

— Expliquemos, então, a forma dákron de maneira mais extensa. São necessários três aspectos para um alkaguírio se tornar dákron: primeiramente, é preciso uma reserva vasta de árula para conseguir materializar e manter a forma do corpo colossal; em segundo, o alkaguírio necessita de um Akha, ou seja, um objetivo tão claro e passional em sua vida que guie suas ações, lhe dê resiliência para suportar a transformação e força de vontade para arriscar tudo pelo objetivo; terceiro e último, realizar o Ritual Conetilira.

Lírio pretendia não se intrometer em assuntos de alkaguírios, mas não conseguiu se conter ante o que acabara de ouvir.

— O que seria esse tal Ritual Conetilira?

— Trata-se da maneira como se inicia o processo de transformação. Um alkaguírio precisa usar sua alkálipe para ferir-se mortalmente...

— O quê? – os dois jovens de Métis ficaram assustados.

O Altin sorriu. – Fez-me lembrar de minha primeira reação...

CAPÍTULO 22

— Sim, o alkaguírio deverá matar o seu corpo himônus para que possa ascender à forma dákron em uma explosão de luz. Porém, como já foi provado, se qualquer um dos outros aspectos estiver em falta quando realizar a Conetilira, realmente morrerá. O problema se torna ainda maior porque a questão do Akha é completamente subjetiva, isto é, só o alkaguírio pode intuir, dizer e provar que está ou não pronto para o mais complexo ritual. Por isso, peço que, apenas quando acreditar que está pronto e estiver em uma situação absolutamente crítica, tente a transformação dákron, ou ninguém poderá te salvar. Valham-se disso tanto Maxsuz quanto Ônym.

— Certo... – ambos os darídus responderam.

— Um dákron é capaz tanto de correr e nadar, quanto voar com suas grandes asas, sem necessidade de alimento ou ar para sobreviver. Suas escamas são extremamente resistentes e, até onde sei, não podem ser danificadas por qualquer ataque que não venha de outro guerreiro arulal. Seu poder é muitas vezes superior ao poder de seu alkaguírio em forma himônus.

O saguna gelado adicionou.

— Apesar disso, a transformação, assim como a forma dákron em si, principalmente para um alkaguírio que a possui há pouco tempo, consome uma tremenda quantidade de árula. Manter-se na forma dákron é muito estressante, portanto, deve-se usá-la apenas quando necessário.

Sentindo-se cansado de toda aquela aula aparentemente sem fim, o Roriat buscou concluí-la.

— Bem, por hoje acredito que é informação suficiente. Já se faz tarde, e se realmente pretendem caçar Íridus, é melhor descansarem bastante. Além de extremamente poderoso, ele deu mostras de que está disposto a qualquer coisa para executar o seu Akha. Se foi capaz de romper uma trégua secular que coloca a própria vida em risco, é certo que ele está tramando algo grande e não se importará em destruir a todos que se ponham em seu caminho.

Os dois inhaouls trocaram olhares de preocupação, como se pela primeira vez tivessem tomado consciência da gravidade da situação.

O Zul concordou.

— Muito bem. Ele está certo. Nossa jornada amanhã será longa.

Uma sopa quente foi preparada pelo próprio Roriat. Fizeram uma rápida e silenciosa refeição, cada um mergulhado nos próprios pensamentos.

O ferkal pensava na longevidade daqueles sagunas e uma frase ecoou em sua mente.

Se realmente viveram por tanto tempo, quantas coisas devem ter testemunhado. Há uma parcela gigantesca da história que apenas eles ainda conhecem.

Os mestres, impactados pelos novos acontecimentos que levaram ao rompimento do pacto secular, refletiam como seria a complicada relação com a Kolídora dali em diante, e quão arriscado seria o movimento evolutivo dos darídus em tempos que anunciavam derramamento de sangue.

Os inhaouls pensavam nas informações novas que receberam. Maxsuz se lembrava ainda dos testes aos quais seu pai o submetera, e constatou como foram importantes para essas tantas lutas. Marulin sentia saudades de casa, mas, olhando para o hizo, viu-se agradecida ao lembrar que o amigo guerreiro fizera de tudo para a proteger. Ônym, mais imaturo, refletia a respeito de quando teria a chance de uma revanche.

Alimentados e mais relaxados, todos se despediram e seguiram para os seus aposentos. Do lado de fora, a nevasca intensa continuava mostrando sua força e, pode-se dizer, o coração de cada um deles não estava menos agitado do que aquela tempestade...

O INÍCIO DA NOVA JORNADA

CAPÍTULO FINAL

O céu estava limpo no começo do aoten da rotação primeira de Fiss. O astro Aliminnus brilhava forte, com uma luminosidade há muito não vista em Icend.

Maxsuz e Marulin conversavam do lado de fora do Observatório, cuja frente se tornara agora um paredão de gelo e pedra. Aguardavam o mestre alvo, que se despedia do companheiro ancião às proximidades da entrada principal.

Marulin desabafou.

— Estou começando a ficar ansiosa. A descida é longa até a cidade de Icend. Ainda temos que buscar os repranos no estábulo para seguir viagem.

— Realmente. Por que será que Hollowl está demorando tanto? – questionou o Argin, notando que o seu mentor havia surgido da construção e caminhava pensativo em direção contrária à trilha da descida.

Ele parou bem próximo à borda da montanha, mirando a paisagem com o olhar distante. Os jovens ficaram ainda mais apreensivos.

— Está tudo bem? – perguntou a protegida, aproximando-se um pouco.

Lírio também surgiu do edifício, acompanhado do anfitrião.

— Desculpem o atraso. Podemos ir, estou pronto.

O mestre de branco segurou seu grande machado mais próximo da lâmina e cravou a arma no próprio peito, caindo no abismo. Os três recém-introduzidos a dákrons ficaram perturbados com a cena e chegaram a esboçar uma reação, mas, em seguida, se deram conta do que se tratava. Houve uma explosão de luz alva do penhasco, e logo a criatura alada subiu novamente na direção do Observatório, batendo suas asas enormes. Numa manobra rápida, pousou próximo ao trio, abaixando-se em seguida e posicionando suas asas, que ficaram com o formato de rampas.

A voz do Zul ecoou na mente dos presentes.

Levarei os três a Icend, onde o senhor Kádoma ficará, e vocês dois pegarão seus repranos para partirmos. Por favor, subam e sentem-se em minha dorsal. Serei lento nos movimentos, para que possamos alcançar a base da montanha em segurança, já que não tenho rédeas para oferecer. Estejam tranquilos, pois, se caírem, darei um voo rasante para resgatá-los.

— Hollowl? – Marulin ficou confusa, porque o dákron manteve a boca fechada.

— Sim, sou eu. - respondeu a besta, sem mover sequer um músculo da face.

— O quê? Você fala? E sem mexer a boca? – a inhaoul estava admirada.

— *Nossa comunicação é telepática. Dákrons não possuem movimentos mandibulares e labiais de um himônus. Nós berramos, como feras que somos, mas falar, como vocês, não conseguimos. Acredite, a telepatia é bem mais eficiente.* - concluiu o saguna da compaixão.

Foi a vez do ferkal revelar seu entusiasmo.

— Que incrível! Cada habilidade é mais impressionante do que a outra!

O mestre gelado deu o seu conselho.

— A descida pode ser bem complicada por conta da neve, da pressão e da ventania. Eu recomendaria seguirem rente à montanha. Fora isso, boa sorte, alkaguírios da luz. Se pretendem ir atrás de Íridus, vão precisar de muita.

— *Acredito que, no futuro, voltaremos a nos chamar de amigos. Este tempo*

CAPÍTULO FINAL

curto em que estivemos juntos deu provas suficientes de que podemos trabalhar unidos. – o monstro pálido afirmou. — *Da mesma forma, boa sorte com a Kolídora. Isso é algo que todos nós teremos de enfrentar daqui em diante.*

O trio subiu na besta e começaram as despedidas.

— Agradeço pela hospitalidade e espero que nos vejamos novamente, Wallás. - disse Maxsuz, já acomodado nas costas de seu saguna.

O mestre da tristeza respondeu, enigmático.

— Eu não ficaria tão ansioso. As coisas serão bem mais complicadas a partir de agora...

— Adeus, Wallás! - gritou Marulin, assim que começou a soar o forte som do bater das asas de Hollowl.

Lírio agradeceu em seguida.

— Adeus, senhor Roriat. Foi bom conhecê-lo!

Lentamente, o dákron foi ganhando o céu.

— Maxsuz! - Ônym apareceu correndo e gritando de dentro do salão. — Da próxima vez, eu vou vencer! - gritou, determinado.

O hizo sorriu, sarcástico e respondeu.

— Vou esperar por isso!

Sentados no dorso do dákron, por menos que admitissem, cada um deles sentia uma compreensível apreensão, posto que pela primeira vez voavam em uma fera gigante e raramente vista.

A criatura alada alcançou uma corrente de ar quente e planou um bom tempo. Aos poucos, com o máximo cuidado para não derrubar ninguém, foi se inclinando montanha abaixo, afastando-se cada vez mais do campo de visão dos guerreiros azuis.

— Até logo, Maxsuz... - disse o alkaguírio ancião do gelo, quase em sussurros.

Pouco mais de meia passagem depois, o dákron pousou próximo à entrada da capital e, após todos descerem, retomou sua forma himônus.

— É melhor eu não ser visto em Icend, principalmente depois do que aconteceu na montanha. Não se demorem.

Marulin respondeu.

— Não demoraremos. Até daqui a pouco.

— E, Lírio, muito obrigado por sua ajuda enquanto estive ausente. Você honrou com louvor a tradição de bravura do seu povo. – o alvo sorriu.

O ferkal despediu-se solenemente do saguna da compaixão e, assim, adentraram Icend, caminhando até a casa dos Kádoma. Lírio mal se continha ao chegar próximo do lar. Sentia um misto de preocupação e saudade.

— Isis, voltamos! – exclamou ao abrir a porta.

A senhora surgiu descendo as escadas e segurando um livro.

— Ah! Que ótimo que estão aqui. Estava começando a ficar aflita. – foi até o seu ligado, lhe deu um beijo, um longo abraço para saciar a saudade e se desvencilhou de seus braços para uma pergunta que não queria calar. — Afinal, encontraram o que procuravam?

— É mais complicado do que parece... – disse o Argin.

O nativo avisou.

— Não se preocupe com a explicação, Maxsuz. Contarei tudo para ela. Querida, eles estão de partida, têm uma longa viagem a fazer e muitas coisas a resolver.

— Já? – Isis ficou surpresa.

O jovem admitiu.

CAPÍTULO FINAL

— Exatamente. O meu mestre nos espera do lado de fora da cidade. Vamos a um novo destino em nossa jornada, embora ele ainda não tenha dito nada a respeito do local...

A garota se curvou respeitosamente.

— Mas devemos agradecer por tudo que vocês dois fizeram por nós, senhor e senhora Kádoma.

— Ah, vamos dispensar toda essa formalidade conosco no adeus? – o ferkal abraçou os dois adolescentes simultaneamente, levantando-os do chão.

— Lírio! Ele é um hizo! – sua ligada o repreendeu, sem conseguir conter uma risada.

— Desculpem-me. Empolguei-me excessivamente. – Lírio colocou os dois inhaouls de volta ao chão.

Maxsuz respondeu, sorrindo.

— Não tem problema, já disse que gosto do tratamento caloroso.

A Kádoma caminhou até os inhaouls e segurou uma mão de cada, com carinho.

— Boa sorte em suas viagens, garotos, e que tenham sucesso na jornada.

Maxsuz agradeceu com um sorriso silencioso e Marulin se manifestou.

— Obrigada, Isis. Nunca os esqueceremos.

Após buscarem Rigtiz e Virtus no estábulo de Icend, seguiram pela capital de Frêniste em silêncio. Olhavam para todas as direções, testemunhando a rotina dos moradores, numa busca de criar memórias daquela cidade tão única. Também notaram como os nativos continuavam suas vidas completamente ignorantes a respeito do que ocorrera sobre suas cabeças, no cume da montanha, durante a última rotação.

Enfim deixaram a cidade de Icend e foram ao encontro do saguna branco. Após uma curta cavalgada, acabaram por encontrá-lo no ponto de encontro, recostado em um monolito isolado, de braços cruzados, com o seu pássaro de estimação pousado no ombro direito.

— Estamos prontos para ir agora? – questionou o mestre, saindo de sua posição de espera.

O darídu não hesitou.

— Sim, Hollowl. Pode guiar o caminho.

— Qual é o nosso destino, exatamente? – perguntou Marulin.

— Vamos a caminho de Blazo, especificamente à cidade de Otuneval, a noroeste daqui. É naquela direção. – disse, apontando o dedo. — Só não me percam de vista. – aconselhou o guerreiro ancião.

O Argin ponderou.

— Imaginei que Blazo fosse o próximo destino. Entretanto nós vamos por terra até lá?

— Exatamente. Apesar de poder carregar vocês dois e seus repranos na forma dákron, não seria boa ideia. Não só chamaríamos uma atenção desnecessária, como eu poderia dispensar uma energia valiosa que pode fazer falta em caso de emergência.

— Mas e o meu pai? Ele não tem todo esse tempo.

— Se Íridus quisesse, seu pai já estaria morto há muito tempo. Como o conheço há séculos, posso afirmar que ele não levaria consigo um himônus, se esse não fosse instrumental em seus planos. Acredite, Jonac está vivo.

Os inhaouls foram preenchidos de esperança com as palavras do saguna. Marulin chegou a deixar uma lágrima escorrer por seu rosto.

— Eu confio em você, Hollowl. Lidere o caminho.

E começaram a viagem, cada um imaginando o que viria pela frente. Entendiam que não seria fácil, tampouco rápido, considerando os novos e poderosos inimigos revelados ao longo dessa primeira parte da jornada.

CAPÍTULO FINAL

Marulin observava o amigo em silêncio, ciente das provações que viriam, mas com esperança no futuro. Hollowl guiava o caminho com seu fenérius Agnar e considerava quando seria o próximo encontro com a Kolídora.

Os pensamentos de Maxsuz transitavam por vários lugares. Lembrou-se de Relisaq chamando-o "híbrido", e relacionando essa alcunha ao seu sangue; pensou no beijo na tenda em Osa, sem saber ao certo se era uma lembrança ou um desejo; questionou sua condição incomum de ser, ao mesmo tempo, um alkaguírio da compaixão e da crueldade, da luz e das trevas, e que tipo de problemas isso poderia trazer pela frente; recordou, com receio, do estranho sonho que tivera num mundo infinito dominado por uma voz desconhecida. Mas, em meio a esse turbilhão de ideias, seus pensamentos sempre retornavam ao seu pai, Jonac Argin, hizar de Métis, ainda desaparecido; e àquele que, agora, sabe que deverá derrotar para salvá-lo.

De volta ao deserto Winz, o trio teria bastante tempo para refletir sobre o que aconteceu e planejar seus próximos passos. A única certeza estava cravada no coração de cada um: os maiores obstáculos ainda estavam por vir.

Continua...